JN109189

記憶の女神

ハルト

4

レベル1の最強賢者

～呪いで最下級魔法しか使えないけど、
神の勘違いで無限の魔力を手に入れ最強に～

LEVEL 1 NO SAIKYO KENJYA

レベル1の最強賢者 4

～呪いで最下級魔法しか使えないけど、神の勘違いで無限の魔力を手に入れ最強に～

木塚麻弥

BRAVENOVEL
ブレイブ文庫

01

ルナの過去

LEVEL 1 NO SAIKYO KENJYA

こんばんは。ルナ＝ディレットです。

私はイフルス魔法学園という学校の生徒なのですが、今はクラスの皆さんと一緒に獣人の王国ベスティエに来ています。年に一度、魔法学園の外で一か月ほど過ごすという学園の行事の一環としてここにやって来ました。それで……。色々あって私は今、ベスティエの王城の一室で、こうして日記を書いています。

この世界にやって来た年から書き始めたこの日記も、既に五冊目になりました。つまり私が前世の記憶を取り戻してから、もう五年も経っているのです。本日の出来事として特筆すべきことは、私のクラスメイトのハルトさんがベスティエの所有者《オーナー》になってしまったということ。

何を言っているのか意味が分かりませんよね？　国のオーナーって何でしょうか？

国を所有しちゃうんですよ？　そんなことが――

できちゃうんですよね。ハルトさんなら。

実はハルトさんが実質支配していると言える国が、すでにふたつあるんです。エルフの王国アルヘイムと、ハルトさんと私の出身国でもある人族の王国グレンデールです。

ハルトさんはアルヘイムの王女リファさんと結婚なさいました。大変おめでたいことです。しかし王族の方と結婚なさっただけでは、その国を支配していることにはなりません。では、何故ハルトさんがアルヘイムを支配していると言えるのか。それはハルトさんが、風の精霊王シルフ様の契約者だからです。シルフ様はアルヘイムの中央にそびえ立つ世界樹の化身で、アルヘイムに加護と恵みを与えています。アルヘイムにおいてシルフ様は国王以上の存在であり、その発言力は絶大です。そんなシルフ様がハルトさんの言うことを聞くのです。ですから彼がアルヘイムを支配していると言っても間違いではないでしょう。

続いてグレンデールに関してですが、こちらも同じように国に加護を与えてくださっている水の精霊王ウンディーネ様がハルトさんと契約を結んでいました。ハルトさんって、精霊王ふたりと契約を結んでいるんですよ？　ヤバいですよね。でも実は、それだけではないのです。

ハルトさんは火の精霊王イフリート様とも契約を結んでいるそうです。

この世界の精霊を統べる四人の精霊王。そのうちの三人と契約を結んでいるのです。もはやチートです。ハルトさんはチーターです。もうここまで来ると、残る土の精霊王ノーム様とも契約を結んでいてもおかしくないのですが……。さすがにそれは無いでしょう。だって他の精霊王と違い、ノーム様はこれまで一度もヒトと契約を結んだことがないそうなのです。だからさすがに──いえ。思い込みは良くありませんね。可能性が無くはないのです。

だって、ハ・ル・ト・さ・ん・ですから。

さて、話は戻ってグレンデールのことです。先のグレンデール王の時代からこの国はウンディーネ様の加護を受け、農業国として発展してきたようです。そして現在、グレンデールはウンディーネ様だけでなく、星霊王様からも加護を受けています。星霊王様というのは精霊王たちの王──つまり、この世界に存在する全ての精霊たちの王様です。この世界を創ったのは創造神様ですが、実際に世界の維持や管理を行っているのは精霊たちです。世界を管理する精霊たちの王なので、とても凄い方なのです。

ではそんな凄い御方が、どうしてグレンデールという国に加護をくださったのか――

答えはやはり、ハルトさんでした。

彼は星霊王様とも召喚契約を結んでいるみたいなのです。ちなみに星霊王様は、私のクラスメイトであるマイさん、メイさんのお父様でもありました。契約者であるハルトさんや、娘のマイさんたちが居るので、星霊王様はグレンデールに加護を与えてくださったのです。その加護の対価として、グレンデールはハルトさんたちを護ると約束しているんです。ただそれは裏を返せば、グレンデールがハルトさんと敵対した時、この世界全ての精霊がグレンデールの敵になることを意味します。

そんなの、国を挙げてハルトさんたちを護るしかないじゃないですか。

グレンデールは星霊王様の加護を受け、同時に支配下に置かれたようなもの。そして、星霊王様はハルトさんの意見を聞くのです。ハルトさんの意向がグレンデールという国の動向を左右する。つまりは国を支配できていると言っても過言ではないと思うのです。

そして今日。ハルトさんが三つ目の国を手に入れました。彼は獣人の王国ベスティエで開催された武神武闘会で優勝し、国の所有者となったのです。王様ではありません。所有者です。王様より立場が上なのです。実際に今日ハルトさんが、自分に代わって国を治めさせるための王様を任命するという場面を見ました。

ただ武神武闘会で優勝しただけでは、そこまでの権利は認められないでしょう。しかしハルトさんはベスティエを襲った魔人を倒し、強力な呪いに侵されていた王様を救いました。それに加えて、武神武闘会での優勝。彼はベスティエの全国民の前で、その力を示したのです。

ハルトさんはこの国の運営は王様に任せ、所有権のみを欲しました。この国を庇護するという条件で。彼の提案は驚くほどすんなり獣人の皆様に受け入れられました。こうしてハルトさんは、ベスティエという国を手に入れたのです。この国の所有者となった彼のクラスメイトなので、私たちもこうして王城に招かれ、おもてなしを受けることができているのです。

それからハルトさんは、国と同時にメルディさんも手に入れてしまいました。

メルディさんは可愛らしい猫獣人の女の子で、私のクラスメイトです。そして、ベスティエのお姫様でした。ハルトさんは武闘会で優勝した際、闘技台の上にメルディさんを呼び、会場に集まった数万人の獣人に対してこう言ったのです。

『この国の姫であるメルディを貰っていく。文句がある奴は、今ここに出てこい』――と。

数万人いる獣人に対してですよ？

カッコよすぎですよ。

もし私がメルディさんの立場だったら……。たぶん、嬉しすぎて倒れちゃうと思います。

いいなぁ、って思います。そーゆーの、すごく憧れます。

リファさんの時もそうでした。ハイエルフという種族でとても美人なリファさんは、エルフの王国アルヘイムのお姫様だったのです。そんな彼女も今や、ハルトさんのお嫁さんになっちゃいました。アプリストスという人族の国が十万人を超える兵力でアルヘイムに戦争を仕掛けてきたのですが、ハルトさんがほぼ単独でそれを撃退してしまいました。彼は救国の英雄となって、リファさんを妻に迎え入れたのです。ちなみにハルトさんはリファさんと結婚するより前に、魔法学園で私たちを担任してくださっているティナ先生と結婚していました。つまり彼にはもう三人も奥さんがいるんです。驚きすぎて呆れてしまいます。

ですがハルトさんは星霊王様や精霊王様たちと召喚契約を結び、侵略戦争から国を救い、武に秀でた種族である獣人族の武闘大会で優勝してしまうような存在です。そんな彼なら、ハーレムを築いてしまっても問題はありません。ここは、そーゆー世界なんです。

いいなぁ。できることなら、私も……。

私は入学式の日、貴族の方に絡まれていたのを助けていただいた時からハルトさんのことが異性として気になっていました。実は私、彼のことを以前から知っていたんです。初めてハルトさんを見たときから、かっこいいなって思っていました。ハルトさんが凄い魔法を使うってことも知っていました。かっこよくて強いだけじゃなく、彼は私のピンチを救ってくれたんです。だから、その……。ハルトさんを好きになっちゃうのも仕方ないと思うんです。

でも私はお姫様なんかじゃありません。ティナ先生ほど美人でもなければ、胸も……。

そんな私がハルトさんの家族になるのなんて、無理なんだろうなって思います。

「……あ、あれ？」

ふいに涙が出てきました。今はベスティエの王城にある客室にひとりでいるので、余計に寂しく感じちゃうのです。

これまでクラスの皆さんと旅行した時は大部屋でみんなと寝るか、メルディさんと同じ部屋になって一緒に寝ていました。でも今日は、メルディさんはハルトさんの所に行っています。ハルトさんとメルディさんは結婚したことになるので、当然ですね。

しょ、初夜ってやつ、なんでしょうか？　だとするとメルディさんは今頃――


『ハ、ハルト、待つにゃ！　ちょっと待ってにゃ!!　ウチは、その……は、はじめてだから』

『大丈夫。優しくするよ』

『メルディさん、お顔が真っ赤ですね』

『活発でいつも明るいあのメルディさんが、こんなに恥ずかしがって……。うふふ。ちょっとだけ、いじめたくなっちゃいました』

『ティナとリファも、メルディを気持ちよくさせるのを手伝ってくれる？』

『もちろんです。ハルト様』

『さ、メルディさん。一緒に気持ちよくなりましょう』

『ま、待つにゃ。あっ！　そ、それだめっ――んんっ!!』

『そういえば猫獣人の方って、尻尾でも気持ちよくなれるのですよね？』

『へぇ。それは』

『いいことを聞きました』

『あっ、や、やめっ――ふにゃぁぁあああ!!』

――なんてことになっているのかもしれません。は、ハレンチです!!

少し・・・だけ想像してしまって、顔が熱くなりました。妄想はここまでにしておきましょう。

とにかく私は今、ひとりなんです。今後はずっとひとりかもしれないと思うと、何だか胸が苦しくなります。

……ダメですね、私。お友達として、メルディさんを祝福してあげなきゃいけないのに。

こんな日は早く寝てしまいましょう。

日記には『ハルトさんが武神武闘会で優勝してベスティエのオーナーになり、メルディさんと結婚しちゃいました。おめでとうございます』――そう書き込みました。

おやすみなさい。

また明日が、良い日になりますように。


翌朝目を覚ますと、ベッドには私ひとりでした。メルディさんが夜中に戻って来てくれることを少しだけ期待していたのですが……。

魔法学園のイベントで学外遠征する際は、私はいつもメルディさんと一緒でした。始めの頃はふたり別々のベッドで寝ていたのですが、いつからかメルディさんが私のベッドに入り込んでくるようになりました。

私は誰かと寝るのが好きでした。だからメルディさんと一緒に寝られて、すごく嬉しかったんです。それで私は、クラスの皆と旅行に行くのが楽しみになりました。

でも……。私と一緒に寝てくれるメルディさんは昨日、ハルトさんの奥さんになってしまいました。一昨日までは一緒にいたこの部屋に、昨晩メルディさんは帰って来ませんでした。

『メルディを貰っていく。文句がある奴は今ここに出てこい』

そう言っていた昨日のハルトさんを思い出しました。昨晩は『ハルトさんカッコ良い！』って思いましたけど、今は彼が少し恨めしいです。私と一緒に寝てくれるメルディさんを奪っていったのですから。

今の私があの場にいたら『異議あり！』って、申し出るかも知れません。

……いえ。やっぱりそれはないですね。

私なんかがどう足掻いたって、ハルトさんからメルディさんを奪い返せるわけありません。

だったらせめて、私もエルノール家に入れてほしいです。ハルトさんと結婚するっていうのはまだ早い気がしますけど、ヨウコさんやマイさんたちだってハルトさんのお家に住んでいて、一緒に寝ているらしいじゃないですか。

それなら私も……い、一緒に寝ていいんじゃないかって思っちゃうんです。

だいたいハルトさんとお友達になったのは、リファさんやヨウコさんより、私の方がずっと早かったんですからね？

私はハルトさんとイフルス魔法学園の入学式の日に知り合って、お友達になったんです。ハルトさんの魔法学園でのお友達、第二号なんです。ちなみに、お友達第一号は僅差でルークさんでした。ハルトさんとお友達になった日、私とルークさんはハルトさんのお屋敷に招待されました。実はその時ハルトさんから『部屋余ってるから、良かったらルークとルナもここに住まない？　家賃、タダだよ』――と、提案されていたんです。

奨学金をいただいて生活している私は生活費が結構ギリギリなので、そのハルトさんの提案に飛びつきそうになりました。ですが出会ってまだ一日の男性のお家にいきなり住まわせていただくのはさすがにどうかと思い、断ってしまったんです。

今の私だったら即座に『お願いします！』と回答しちゃいます。

ハルトさん……。もう一回、誘ってくれませんか？


――＊＊＊――


気付けば、お昼になってしまいました。

昨日までクラスの皆と一緒に行動していたので、今日は各自好きにベスティエを散策することになっていました。いつもはメルディさんと行動するんですが――

今日は一日中、私はひとりです。寂しいです。大して動いてないのでお腹も減っていません。

部屋から出る気にもならないのです。

こんな時、私は自分の書いた日記を読み返すのが好きでした。

そうですね。久しぶりに一冊目の日記でも読み返してみましょうか。

私はカバンから少しボロボロになった日記を取り出しました。それを読みながら、この世界にやってきた時のことを思い出し始めました。

――＊＊＊――


私はこの世界に来る前、紅葉月《くれないはづき》という名前でした。中学一年生、十二歳でした。

実は脳に軽い障害があり、記憶力が他の人より悪かったんです。ある日の出来事を数日後には忘れてしまう――そんな症状がありました。立てた予定や計画は割と覚えていられますが、過去のことを記憶するのが特に苦手だったのです。だから私は、毎日の出来事をこと細かく日記に書いていました。

勉強も苦手でした。単語や地名、数式などを覚えようとしても、数日後には断片的にしか思い出せなくなってしまうからです。私は皆の何倍も教科書や参考書を読んで、何回も単語や数式をノートに書いて、必死に勉強しました。それでなんとか皆と同じ授業を受けることができていたのです。

そんな私、葉月は学校帰りに立ち寄ったコンビニで、強盗と遭遇して殺されました。

普段はコンビニなんて寄らないのに、何故かその時はアイスが食べたくなったんです。

コンビニに入ろうとした時、覆面を被った人が走ってきて、私に体当たりしてきました。胸が熱く感じて、目線を下に落としたらナイフの柄が私の胸から生えていました。どうやら刺されたみたいです。目の前が赤くなっていったのを覚えています。

私、頑張ってきたのに……。皆より頭が悪いから、必死に努力しました。なのに——

神様って、いないのかな？

そう思ったのを最後に、私の目の前は真っ暗になりました。


気付いた時、私は真っ白な空間にいました。自分が立っているのか寝ているのかも分からないような、上も下もない空間でした。そこが天国かと思いました。そしてその考えは、そんなに間違ってはいなかったのです。

「こんにちは。葉月さん」

「こ、こんにちは」

その空間には、とても美しい方がいらっしゃいました。彼女は元の世界の、美と知を司る女神様だと言います。その女神様が私に、こう提案してくださったのです。

「このまま死ねば、貴女という存在は無くなります。ですが貴女は、私がこれまで見てきた中でも特に『知ることへの欲望』が強い存在なのです。そんな葉月さんの強い意思を完全に無くしてしまうのは、知を司る神として実に口惜しい。だからどうでしょう？　別の世界で、新たな人生を送ってみませんか？」——と。

人間の生死を司る神様がほかにいて、女神様には私を元の世界で生き返らせる力がないということも説明していただきました。そもそも死んだ人間を蘇らせるというのは世界の一部を改変することになるので、それができる神様はごく限られているそうです。

女神さまは代替案として、別の世界で生きるという選択肢を与えてくださいました。異世界に私の魂を送り届け、そこで私を転生させてくださるとのこと。ちなみに元の世界で紅葉月として生き返ることはできませんが、別の人間として転生するのであれば、女神様のお力でも可能なようです。ただその場合、私の意思が薄れてしまう可能性が高いらしいのです。

私は少し悩みました。まだ生きられるのなら生きたい。元の世界でやりたいことは、たくさんありました。でも元の世界に転生したら、これまでの私の記憶とかは消えちゃうんです。自分が消えるんだって考えたら、急に怖くなりました。

「異世界への転生なら、私は私のままですか？」

「貴女の意思と魂に関してはそのままです。ただ……」

「ただ、なんでしょう？」

「貴女の肉体は既になくなっているから、これから行く世界に適した肉体を、私が新たに創ることになります」

「そ、そうなんですか」

「こればかりは、ごめんなさいね。完全に同じとはいかないけれど、なるべく元の身体に近くしてあげることならできます。それから私は、美を司る女神でもあるの」

「えっと。ということは、もしかして──」

「そう。葉月さんをより可愛く、綺麗にしてあげられる」

ちょっと複雑な気持ちになりました。今より可愛くなれるのは当然嬉しいのですが……。

私は、クラスの男の子に告白されたりとかは一度もありませんでした。街を歩いていて、声をかけられたこともないです。仕方ないと思います。授業についていくための勉強ばかりしていて視力が悪くなった私は、分厚い眼鏡をかけた垢抜けしない見た目でしたから。

それでも両親が産んでくれて、十二歳まで大切に育ててもらった身体だったのです。それを丸ごと取り換えて可愛くなっても、手放しで喜べません。

「あっ、勘違いしないでね。今の貴女も十分魅力的です。というかこの世界の人間たちに、魅力が全くない人なんていないの。だって、私が美を司っているんだから」

私が暗い顔をしていたら、女神様が私の内心を悟ってくださったみたいです。

「私には人間が持つ魅力をもっと引き出す力があるの」

そういいながら女神様が、私の頬に優しく手をあてました。

「で、では今の私の姿をベースにして、その……もう少しだけ、可愛くできますか？」

「もちろん！　特にあなたは素材が良いから、簡単なことですよ」

「でしたら、それでお願いします」

「私の提案を受けてくれるのね。ありがとう」

頬にあてられていた女神様の手が私の首に回されて、ギュッと抱きしめられました。

女神様からすごく良いにおいがします。それから私の顔に当たる豊満な双丘が……。

魅力を引き出してもらうと、胸も大きくなりますか？　可能であれば、お願いします!!

少しして女神様が私から離れていきました。

「今後のことに関して、説明を続けますね」

「はい。お願いします」

「貴方はこれから、魔法が存在する世界に転生することになります」

「ま、魔法？　もしかして私も、魔法が使えるようになるんですか!?」

「そうなりますね。しかも葉月さんは転生者なので、私がいくつかの『特典』を付けることができます。何か望みはありますか？」

後で思い返せばこの時『強い魔法が使えるようにしてほしい』とか『いくら魔法を使っても、魔力が尽きないようにしてほしい』と望めば良かったんです。でも私は――

「記憶力を良くしてください！」

そう即答しました。魔法に関することではなく、元の世界でどうしてもダメだった記憶力を何とかしてほしいと望んだのです。私は新しいことを知るのは好きでした。それこそ、知を司る女神さまに認めていただけるレベルで。新しいことを知るというのは、世界が広がるということです。知ったことをすぐに忘れてしまう過去の私の世界は、すごく狭いものでした。

知識を増やして世界を広げるために、私は覚える力を欲したのです。

「私は知の女神ですから、その願いは容易に叶えることができます。その能力に加えて、貴女がどんな情報でも認識できるよう言語を理解する能力も付与しておきますね」

「あ、ありがとうございます!!」

私は嬉しくなりました。覚える力に加えて、知る力も強化してくださるというのですから。

だけど私は、異世界のことなんて何も分かっていませんでした。ヒトを襲う魔物がいて、それと戦わなくちゃいけないなんて少しも考えませんでした。例えば、お家の中で箒に魔法をかけて、箒にお掃除をしてもらう――そんなふわふわしたイメージしかなかったのです。

私が女神様から頂いたスキルは『絶対記憶』と『言語理解』のふたつ。絶対記憶の効果は、記憶しようと思いながら見たり聞いたりしたものは絶対に忘れないってものです。言語理解はあらゆる言葉や、文字を理解できるというもの。

平和な国で暮らしていた当時十二歳の私は、全く戦闘向きじゃないスキルだけをもらって満足してしまいました。戦えるスキルがなければ簡単に人が死んでしまう世界で、転生者としては非常にハードな私の物語がスタートしてしまったのです。

私は七歳の時に前世の記憶を思い出しました。当時、小さな孤児院で暮らしていた私には、両親に関する記憶がありませんでした。それでも孤児院での生活はそれなりに幸せなものだったんです。他の孤児のみんなは私と仲良くしてくれましたし、シスターがすっごく優しかったんです。私は孤児院のみんなのことが大好きです。

私がいた孤児院には寄付された本がいっぱいありました。私はその本をどんどん読んでいったのです。七歳では読めないような難しい本も、女神様がくれたスキルのおかげで理解できちゃいました。

八歳になった時、私は孤児院にある本を読み尽くしました。それでもまだ本を読みたがった私のために、シスターが町長に交渉してくださり、私は町にある図書館で本を自由に読めることになったのです。

何百冊という本に囲まれて過ごせることが、すごく幸せでした。しかも、どんな本も読んでいいのです。元の世界で私は、学校の授業についていくために必死に勉強していましたから、図鑑など授業に関係無さそうな本は見たり読んだりする余裕なんてありませんでした。

漫画や小説といった類のものは、国語の授業以外ではほとんど読めませんでした。なにせ人の数倍は教科書を読み込まないと、単語や数式などを記憶できなかったので。授業についていくための勉強だけで精一杯でした。

しかし生まれ変わった今の私には、絶対記憶と言語理解というスキルがあります。本を読めば読んだだけ自分の知識にすることができるのです。私は毎日図書館に通って、本を読み続けました。ふたつのスキルを同時に使用することで、文章などが一瞬でも目に入ればそれを理解し、記憶できちゃうようになりました。色んな本をパラパラっとめくって記憶し、孤児院に帰って小さい子のお世話をしながら、頭の片隅で記憶した本の内容を楽しむという離れ業もできるようになったのです。そういうことを繰り返していたので、半年くらいで町の図書館の本を全て読破してしまいました。それでも私の『新しいことを知りたい』という欲求は止まりませんでした。

そんな時です。この世界の知識を全て集約したと言っても過言ではない場所があると聞いたのは。その場所は、イフルス魔法学園。私の生まれた国グレンデールにある、魔法使いを育成する学校でした。そこには数十万冊を超える書籍があり、更にこの世界で最高峰の研究が日々行われているそうです。私は何としても魔法学園に入りたくなりました。

しかし、私は孤児です。お金もなければ、一般人が魔法学園に入学する時に必要とされる後見人もいません。それでも私は、魔法学園に入りたいという気持ちを抑えられませんでした。

色々調べた結果、イフルス魔法学園には奨学生制度というものがあると分かりました。魔法に関する知識と扱いに優れた者を、入学金や授業料免除で、さらに後見人も不要で受け入れるという制度です。

私はそれに賭けることにしました。幸い、魔法に関する知識は既に手に入れています。孤児院に使い古された魔導書が多数寄付されていたからです。実は魔導書に関していえば、町の図書館より孤児院の方が充実していたんです。孤児たちが古代文字で書かれた魔導書なんて読めるわけないんですが、言語理解スキルを持つ私にとってはすごく興味深い書物という認識でしかありませんでした。

今思えばアレ《魔導書》は、国宝クラスの書なんじゃないかと思います。誰も読める人がいなくて、いつの間にか流出したものが巡り巡って孤児院に寄付されたのではないかと。そんなわけで、魔法に関する知識は問題なさそうです。古今東西、ありとあらゆる魔法に関する知識を得ていましたから。問題は魔法の扱いに関してです。

当時の私のステータスは——

ステータス
名前：ルナ＝ディレッド
種族：人間
加護：異世界の神の加護
職業：付術師（レベル50）
技能：絶対記憶、言語理解

こんな感じでした。私は魔物を倒したことはありませんでしたが、レベル50になっていました。レベル50と言うと、この世界では強い部類に入るそうです。一般人としては強い方なのですが、異世界人としてみると私は弱い存在だと思います。

この世界の神様は、私がいた世界から人を連れてくることもあるみたいです。その転移でこられた方たちは、いきなりレベル150になっているのだとか。

一方私は、元の世界の女神様がこちらへ送り出してくださったためか、ステータスへの補正が控えめでした。とはいえレベル50のステータスと、魔導書から得た魔法の知識があれば、後は魔法を使う技量を高めるだけで済みます。私の戦闘職は付術師でした。他人に補助魔法をかけて支援する職で、なかなかレアなんだとか。攻撃魔法は怖くてあんまり使えませんが、誰かをサポートする魔法なら怖くなさそうだと思いました。

イフルス魔法学園のことを知った日から、私は付術師として魔法の特訓を始めました。戦闘向きじゃないと思っていた絶対記憶と言語理解スキルが私を助けてくれたのです。

それから私は、およそ三ヶ月で付術師が使える魔法を全て修得しました。

魔物も何体か倒しました。戦う時はすごく怖かったです。自分に補助魔法をかけられるだけかけて、離れたところから魔物に向かって下位の攻撃魔法を撃ち続けて倒したのです。

基本的には、自分よりだいぶレベルの低い魔物をいっぱい倒しました。同レベル帯の魔物を倒した方が、レベルは上がりやすいらしいです。でもそんなこと、怖すぎてできません。安全が第一なのです。

シスターや周りの大人たちは私からしたらレベルが低かったので、私の特訓に付き合ってもらうことはできませんでした。ですから私は、ひとりで戦い続けました。

十歳になった頃、私はレベル52になっていました。たったひとりで、ふたつもレベルを上げたのです。私、偉い！　自分で自分を褒めてあげたいと思います。

そしていよいよ、イフルス魔法学園の入学試験を受ける日になりました。

大丈夫、私ならできる。今日のために頑張ってきたんだから。

私はシスターと孤児院の弟や妹たちに見送られ、試験会場が設置される街へと向かいました。

――＊＊＊――

イフルス魔法学園の入学試験が行われる街につきました。

私が住んでいた町から、馬車で二時間くらいの場所にある大きな街です。何回かシスターと一緒に来たことがありますが、ひとりでこの街に来るのは初めてでした。朝早くにここまで送ってくれた商人の人にお礼を言って、私は街の中へと入りました。今日はイフルス魔法学園の入学試験会場が設置されるため、街は多くの人で賑わっていました。

試験は午後からです。でもその前に、試験を受けるための申請をしなくちゃいけません。

私は申請のための列に並びました。

――＊＊＊――

無事、受験申請が終わりました。私の受験番号は一〇一番。私のひとり前が九九番だったので、ちょうど一〇〇番かなって思っていたのですが……。何故か一〇一番でした。

もしかしたら、私の前に貴族の方が試験を受けるのかもしれません。イフルス魔法学園では貴族でも入学試験を受けなくてはいけません。ただ私のような一般人と違って、貴族の方々は事前に受験申請ができるのです。しかも、好きな順番で試験を受けることができます。朝早くからこの街までやって来て、受験申請の列に並ぶ――なんてことをしなくてもいいのです。

ちょっと羨ましいです。

そして貴族のご子息様は幼少期から高名な魔法使いに魔法を習うため、皆さん魔法を使う技術が高いのです。だからほとんどの貴族の方は問題なく入学試験に合格するみたいです。

魔法を学ぶ学園なのに、入学する時点である程度魔法が使えなきゃいけません。一応、素質がありそうな子供をスカウトする制度もあるみたいですが、私には来ませんでした。

私はレベル50オーバーで、あらゆる補助魔法が使えるんですけど……。

まぁ、小さな町に住んでいて、公に何かをなし遂げたわけでもないので、学園のスカウトの人の目に止まらなくても仕方ないですよね。済んだことを悔やんでも仕方ありません。今できることをやるべきです。全力で試験に取り組みましょう。

私はただ試験に合格するだけじゃダメなんです。お金がないので、奨学生として認められる必要があるのです。じゃないと試験に合格したとしても、入学金や授業料を払うことができないのですから。やるしかないのです。

まず、筆記試験を受けました。

魔法に関する一般常識から、古代ルーン文字を解読しろという超難問まで出題されましたが、私は全問解くことができました。古代ルーン文字と言っても、言語理解スキルのある私は苦もなく読めてしまいます。その古代ルーン文字で書かれていた言葉が『この文を理解した者に、祝福を』――だったので、何だか嬉しくなりました。

ちなみに受験者は番号順で席について筆記試験を受けていたのですが、一〇〇番の方は来ませんでした。おそらく貴族の方は、別室で試験を受けていたのでしょう。私は一〇〇番さんがどんな人なのか、何となく気になっちゃいました。

その後、実技試験を受けるため会場を移動しました。実技試験では得意な魔法を試験官に披露して、魔法を使う技量をアピールしなくてはいけません。私は自分自身に補助魔法をたくさんかけて、最下級の攻撃魔法で的を破壊してみせる——というのを計画していました。この方法で魔物をいっぱい倒してきたので、なかなか洗練された魔法の使い方ができていると自負していました。

九九番の男の子の試験が終わったみたいです。私は会場に足を踏み入れようとしました。

「あ、一〇一番の方ですね。少しお待ちください」

私が会場に入ろうとしたら、係の方に入口で止められました。どうやら一〇〇番の方がこれからここで、実技試験を受けるようなのです。

少し待っていたら、別の入口から誰かが入ってきました。恐らく、彼が一〇〇番の人なのでしょう。その人の横顔がチラッと見えて、私はその方が誰か分かりました。私の前に受験する一〇〇番の人は、予想通り貴族の方でした。彼はこの街や私の住んでいる町を領土の一部に持つ、シルバレイ伯爵様のご子息だったのです。

彼のお名前はハルトさんです。私と同い年だったんですね。

ハルトさんはこちらの世界では珍しい黒髪で、目は綺麗な青色。立ち居振る舞いが凛としていてかっこよかったです。お召し物もすごく上質なものでした。やはり私とは、住む世界が違うお方です。

そのハルトさんが試験官に一礼して、魔力の放出を始めたみたいです。私は他人の魔力を感知するのがあまり得意じゃありません。でもハルトさんが放出した魔力は、そんな私でも分かるほど高密度で、膨大な量でした。

これほどの魔力で、いったいどんな高位魔法を使うのでしょうか？

私はドキドキしながらハルトさんの動向を注視しました。

「ファイアランス！」

私の予想とは裏腹に、ハルトさんは炎系の最下級魔法を放ったのです。

そして私はその結果を見て、言葉を失いました。

彼が放った炎の槍《ファイアランス》が用意されていた頑丈そうな的を容易く貫き、燃やし尽くしてしまったのですから。どう考えても最下級魔法の威力ではありませんでした。

ハルトさんはその結果に満足したようで、軽い足取りで会場を出ていきました。私が居る会場への入口とは別に出口があって、彼はそちらから退出していったのです。だから私が見ていたことなど、全く気付かなかったでしょう。

試験官は少し放心状態でしたが、私が入口に立っていることに気付いて試験を再開してくださいました。最下級魔法で的を壊すっていうアピールの仕方を考えていたのですが……。直前にあんな魔法を見せられてしまったので、試験官には私の魔法が霞んで見えるかも。

でも私は、他に方法を考えていなかったんです。だから自分に補助魔法をかけられるだけかけて、私が使える一番強い中級魔法でなんとか的を壊しました。そこまでしても、ハルトさんのように全壊させることはできませんでした。

補助魔法もなしに、最下級魔法だけであれだけの破壊をしてみせたハルトさん。

ちょっと異常じゃないですか？

でも私としては、できる限りのアピールができました。後はいい結果が頂けることを祈るばかりです。


――＊＊＊――


孤児院に戻って来て、今日のことを日記に書きました。絶対記憶があるので、日記なんて書かなくてもその日の出来事を完璧に覚えていられます。でも数年やってきた習慣って、それが必要なくなったとしてもなかなか止められないものなんです。

日記を書かないと、何だか落ち着きません。それにその時どう感じたか、どう思ったかなどは絶対記憶で覚えることはできないので、私は毎日日記を書くのです。

『今日はイフルス魔法学園の入学試験を受けました。筆記は完璧だと思います。実技はどうでしょう？　やるだけやりましたが……。私が全力で半壊しかできなかった的を、領主様のご子息であるハルトさんは最下級魔法で完全に破壊してしまいました。だから私の成果が霞んで見えないか不安です。ちなみにハルトさんは凄くかっこよかったです。以前から噂は聞いていましたが、初めてあんなに近くで見ちゃいました。できれば彼と同じ学校に通いたいです』

——今日はここでペンを置きました。

これ以上書いていたら、ハルトさんと学園生活を楽しむという妄想を書き綴ってしまうかも知れません。これは日記です。ハルトさんとの学園生活は夢の中で楽しむことにしましょう。

古代ルーン文字で祝福されたので、今夜はいい夢が見られそうです。

それではおやすみなさい。

明日も一日、良い日になりますように。

——＊＊＊——

イフルス魔法学園の入学試験を受けて、およそ一ヶ月後。私のところに一通の手紙が届きました。送り主はイフルス魔法学園でした。

ドキドキしながら手紙を開封したのを、今でも覚えています。

手紙には魔法学園への入学試験に合格したという結果と、試験の成績が優秀だったので奨学生として入学金や授業料を免除するということが書かれていました。しかも家賃や生活費として使える返済不要の奨学金も毎月貰えるそうです。

「やったぁ!!」

それを見た途端、私は思わず叫んでしまいました。すごく嬉しかったんです。仕方ありません。これで世界最高峰とも言われる魔法学園で、本に囲まれた生活ができるわけですから。

どんな本が置いてあるのか、どんな勉強ができるのか。楽しみ過ぎて、今からワクワクしてしまいます。本が読めること以外にも、私には楽しみがありました。

それは、彼にまた会えるかもしれないってことです。彼とはもちろん、ハルトさんのことです。ハルトさんは貴族ですし、あんなに凄い魔法を披露したのですから、入学試験には当然合格しているはずです。

もしかしたら、ハルトさんと同じクラスになれちゃったりして!?

イフルス魔法学園はすごく大きな学校で、今年入学する一年生だけでも三百人もいるそうです。とはいえ、彼と同じクラスになれる可能性も少しはあるのです。

元の世界では授業についていくのに必死で、女友達と遊ぶことも少なかった私には、お付き合いするような男の子はいませんでした。でも今の私は女神様から貰ったスキルのおかげで、学園生活を楽しむ余裕がありそうです。できることなら男の子とも仲良くしたいと思います。

青春《あおはる》したいんです。

それから私を転生してくださった女神様は、約束通り私を可愛くしてくださいました。自分でいうのもなんですが、私は元の世界の姿よりかなり可愛くなっていました。透き通るような綺麗な肌、ぱっちりした目、サラサラで綺麗なスカイブルーの髪。転生してすぐ髪の色に驚きましたが、こちらの世界では割と普通のようです。女神様は、私の魅力を引き出すだけって言っていたんですが……。どう考えてもやりすぎです。

とはいえ今の私なら、仲良くしてくれる男の子もきっといるはずです。それがハルトさんだったらいいなって思いました。

――＊＊＊――

イフルス魔法学園に入学する日がやってきました。

今日から七年間は、学園の寮でひとり暮らしをしなくてはいけません。家事などは全く問題無いのですが、ひとりで寝るのが嫌でした。夜をひとりで過ごすのが、すごく寂しいと感じてしまうんです。孤児院では添い寝と称して毎日、兄妹やシスターと一緒に寝ていました。ですから既に、ちょっと心が折れそうです。可及的速やかに、私と一緒に寝てくれるお友達を作らないといけません。できれば可愛い女の子がいいです。

そんなことを考えながら入学式の会場へ向かっていたら、突然後ろから押されました。

「おぃ、どこ見て歩いてんだ。痛ぇじゃねーか」

目つきの悪い男子学生が、私にそう言ってきたのです。私は考えごとをしていましたが、ちゃんと前を向いて歩いていました。私のせいで彼にぶつかったなんてことはないはずです。

「ご、ごめんなさい」

私は彼に謝罪しました。彼の着ているローブに、彼が貴族であるという印があったからです。例え言いがかりだったとしても、一般市民の私が貴族の方に反論なんてできないのです。

ここはそういう世界です。

「貴方、この方がゾルディ男爵家のご子息だと分かっているのですか？」

「ただ謝って許されると思ってるんじゃねぇだろうな」

ぶつかった男子生徒は、やはり貴族のご子息でした。謝っても許してくれないそうです。

私はいったい、どうしたらいいというのでしょうか？

どうすればいいか分からず、勝手に涙が出そうになった時です。

「俺の連れに何か用か？」

後ろから誰かに声をかけられました。振り返るとそこに、ハルトさんがいました。

「あぁ？　なんだお前」

「いや、お前がなんなんだよ。その子は俺の連れだ」

「えっ？」

思わず声が出ちゃいました。ハルトさんが私のことを知り合いだと言ってくださったのです。

ハルトさんは私を助けようとしてくれているのだと気づきました。その後、私に絡んできていた三人はその場を去っていきました。ハルトさんのお父様の方が爵位が高く、これ以上騒げば問題になって自分たちの立場が悪くなると気づいたようです。

あの・・ハルトさんが、私を助けようとしてくださったのです。それに助けるための嘘とはいえ、私のことを連れだと言ってくださいました。ちょっとドキドキしています。入学試験の時に見た時よりも、ずっと近くにハルトさんがいます。やっぱり、すごくかっこいいです。

それから私はハルトさん、ルークさんとお友達になりました。後で知ったのですが、ルークさんはこの魔法学園の学長のお孫さんだそうです。しかも、かなりイケメンです。そんなおふたりと、私はお友達になれちゃいました。あの時勇気を振り絞っておふたりに声をかけて、本当によかったと今でも思います。


——＊＊＊——


一日暇だったので、全ての日記を読み返してしまいました。

ハルトさんとお友達になって、一緒のクラスになったところまではよかったのですが……。

私はそこから一歩を踏み出すことができずにいました。気付けばクラスメイトの過半数の女子が、ハルトさんと寝食を共にする関係になっています。皆さん、知り合って一年と少ししか経っていないのに……。ハルトさん、スゴすぎです。

そしてルークさんには、美人なエルフの彼女さんができました。残るクラスメイトのリューシンさんとリュカさんはなんだかいい雰囲気だと思います。

……あ、あれ？　もしかして私って、ひとりぼっち？

メルディさんがハルトさんにとられて、いよいよ危機感を覚え始めました。ハルトさんは貴族のご子息で、きっと甲斐性があります。更に精霊王様を使役できるほど強いのに、貴族に絡まれている私を助けてくれるような優しいお方です。それから彼は、ルークさんに引けを取らないほどのイケメンです。私が元いた世界の人に近い顔をしているせいか、私はハルトさんの方がかっこいいと思っていました。結論を言うと私は、なんとかしてハルトさんともっと仲良くなりたいと考えていたんです。ただそのハードルがとてつもなく高いものでした。

女神様のおかげで可愛くなれたと言っても、ハルトさんの周りには私なんかより綺麗だったり、可愛い女の人がいっぱいいます。

美女エルフのティナ先生とリファさん。

最近ますます妖艶になったヨウコさん。

仕草なども可愛らしい精霊の、マイさんとメイさん。

それから猫耳や尻尾、肉球など全てに癒されるメルディさん。

そんな女性たちがハルトさんの周りにいるのです。ちょっと可愛くなった程度の私が、ハルトさんにご提供できるのはなんでしょうか？

「……人族であること、かな？」

私が人族であることくらいしか思い浮かびませんでした。でもそれが、大きなアドバンテージになるかもしれません。ハルトさんは魔法学園にあるお屋敷で色んな種族の女の子と一緒に暮らしていますが、人族の女の子はまだいません。つまりハルトさんのハーレムの人族枠はまだ空いてるんです。でもあのハルトさんのことです。うかうかしていたら、その貴重な人族枠も埋めてしまうかもしれません。……いえ、既に埋め始めている気がします。これは、女の勘ってやつです。ですから私も、なるべく早く行動しなくちゃいけません。ハルトさんから来てくれるのを待つのではなく、私から行かなくてはいけないのです！

そんなことを考えていたら、部屋のドアがノックされました。誰でしょうか？

「ルナ。今、ひまかにゃ？」

扉を開けると、メルディさんが立っていました。

「特に用事はありませんけど……」

「じゃ、夕飯食べに出かけないかにゃ？　みんなで行こうってなってるにゃ」

「みんなというと、ハルトさんやティナ先生も？」

「そうにゃ」

さっそくチャンスがやってきました。

「分かりました。私もいきます」

ハルトさんと過ごす時間を少しでも延ばすようにしていくつもりです。

そして機を窺い、必ずチャンスをものにするのです!!

頑張れ、私。

02

ティナの記憶

LEVEL 1 NO SAIKYO KENJYA

獣人の王国《ベスティエ》に来て三週間が過ぎた。イフルス魔法学園に帰るまで、あと一週間。

今週はベスティエにある遺跡を探索することになっていた。その遺跡は、内部がダンジョンになっている。この世界のダンジョンというと基本的には探索が自由にできるものが多いのだが、この遺跡のダンジョンは立入が厳しく禁止されていた。それはここが、勇者育成用のダン・ジョ・ン・だからだ。

だけど俺たちは遺跡のダンジョンに入れることになった。獣人王のレオが、国のオーナーになった俺ならばと、許可してくれたんだ。ティナが一緒にいたことも大きかったと思う。彼女は勇者ではないが、百年前に魔王を倒して世界を救った勇者の仲間だった。

ダンジョンに入るための鍵を渡される際、無駄に内部を破壊するようなことはしないでほしいとレオから頼まれた。普通に探索する分には問題ないらしい。ということで俺はティナと、クラスメイトのみんなと一緒に、遺跡のダンジョンまでやって来た。

「久しぶりのダンジョンですね。お宝いっぱいゲットしましょう!!」

ダンジョンの入口を目にした竜人族《ドラゴノイド》の女の子、リュカが目を輝かせている。彼女はエルフの王国《アルヘイム》で世界樹内部のダンジョンを探索していた時もそうだったが、宝石系のお宝を収集することが好きみたい。宝石を探すため、彼女は良くダンジョンに入るとリューシンから聞いたことがある。彼はいつもリュカの趣味に何時間も付き合わされていると嘆いていた。

でも残念ながら今回は、彼女のお目当てのモノは手に入らないだろう。

「このダンジョンは勇者育成用のだから、ちょっと厳しいかもね」

「えっ。どういうことですか？」

「リュカさん。この世界には、二種類のダンジョンがあるのです」

ティナが俺に代わって説明してくれた。彼女は魔法学園で俺たちのクラスを担任しているから、こうして生徒の誰かが疑問を持った時などは丁寧に説明してくれる。ちなみに今こうして俺たちがベスティエに来ているのも、魔法学園の授業の一環なんだ。

「ひとつ目が冒険者向けダンジョンです。ダンジョンマスターと呼ばれる存在が管理するダンジョンで、世界各地に点在しています。宝箱の中身が定期的に補充されますし、討伐した魔物も一定周期で再度出現します。リュカさんが趣味で宝石を探しに行くというダンジョンは、全てこちらですね」

冒険者向けダンジョンについて補足しておくと、レベル上げがしやすく、アイテムも手に入りやすいから、多くの冒険者たちが今もチャレンジし続けている。どうやらダンジョンマスターがダンジョンポイントなるものを貯めて、ダンジョンの運営をしているらしい。かつてダンジョンを攻略し、ダンジョンマスターと仲良くなった冒険者がその情報を冒険者ギルドに伝えたのだ。以前、『冒険のススメ』という本にそのことが書かれているのを見た俺は、ダンジョンマスターという存在に興味を持った。ダンジョンの運営って、何だか面白そうじゃない？

「宝箱ってどんなダンジョンでも設置されていますけど……。ダンジョンマスターさんが中身を補充してくれていたんですね」

「リファは世界樹のダンジョン以外にも行ったことがあるの？」

「はい。アルヘイム国内にはいくつかダンジョンがありますから」

「ベスティエにも、みんなが自由に入れるダンジョンがいくつかあるにゃ」

「じゃあ入るのが制限されているここは、やっぱり特殊なんですね」

「はい、ルークさんの言う通りです。冒険者向けダンジョンではない、もうひとつのダンジョン。それはこの世界の神様が、勇者様を育てるために用意したものです。その特徴ですが――ルナさん、分かりますか？」

ティナは説明の途中でもその先のことを分かっていそうな生徒がいれば、その者に説明を任せてしまう。そうして仲間に教えるチャンスを増やすことで、互いの知識を共有しやすくしようというのがティナ式の授業だった。

「えっと、勇者様用のダンジョンは、内部の『マナ』が濃いと言われています。そのため強い魔物が自然発生しやすくなっているそうです。とはいえ自然発生するレベルなので、冒険者向けダンジョンと比較すると魔物と戦う頻度は少なくなります」

「正解です。授業ではまだ扱ってないことですが、よく予習されていますね。ちなみにマナというのは……。精霊族であるマイさんとメイさんに説明していただきましょうか」

「「はい。お任せください」」

マイとメイは、俺と召喚契約を結んだ精霊の姉妹だ。マイが火属性で、メイが水属性の中位精霊だった。魔法学園の学園祭で接客を頑張ってくれたご褒美として、俺が魔力を大量に与えたら、精霊としての格が上がってしまった。たぶんだけど、シルフやウンディーネといった精霊王クラスの力を得ている。そんなふたりが、マナについて説明してくれた。

「マナは世界を動かす原動力です」

「私たち精霊族は、マナを様々なエネルギーに変換する役割を担っています」

この世界の住人がもっとも身近なマナの形態のひとつが魔力。精霊がマナを魔力というものに変換している。つまりこの世界で魔法が使えるヒトの中には、必ず精霊がいるのだ。といってもマイたちのように、意思のある精霊がヒトの中にいるわけじゃない。その精霊たちには意思がなく、マナの変換をするという役割を持つだけの存在だ。

また、マナを魔力に変換する精霊はヒトの中だけでなく、魔物の体内にある魔石の中や、龍脈という大地の下を流れる巨大なマナの河にも存在する。

「マイさん、メイさん。ありがとうございます。ついでで申し訳ないのですが、精霊族についても少し説明していただけますか？『契約』のこととか」

「「はーい」」

「ヒトが魔法を使う時、魔力に火や水、風、土、雷、闇、光といった属性を与えますよね」

「その魔力の属性変換も、私たち精霊のお仕事です」

「属性変換は意思のない精霊でもできますが」

「私たち意思のある精霊がお手伝いをすることもあります。それが──」

「「召喚契約です」」

精霊は稀にヒトと契約を結び、ヒトが扱えない規模の魔法を行使してくれる。

その契約でヒトが支払う代償は、魔力を渡すこと。精霊は自身でマナを魔力に変換できるが、ヒトを経由して魔力を渡されると、その成長を加速させることができる種族なのだ。

「おふたりとも、ありがとうございました」

「「いえ。精霊に関することなら、いつでも聞いてください」」

説明を終えたマイとメイが、俺のそばまでやって来た。たぶん、アレを期待されている。

「ふたりとも説明お疲れ様」

そう言いながらマイたちの頭を撫でてあげると、ふたりは満足そうにしていた。その様子を見ていたヨウコが少し不機嫌になる。

「のう、ティナよ。魔族については説明しなくても良いか？　鬼人族や九尾狐についてのことなら、我が説明してやれなくはないのじゃ」

「ヨウコさん、それはまたの機会にお願いします。今日はダンジョンに関連したことを、皆さんに知っていただきたかったので」

「むぅ。そうか……」

無念そうな表情のヨウコがこっちを見てくる。

残念だったな。今後ティナの授業に貢献する機会があれば、その時に褒めてあげよう。

「ダンジョンに関する説明に戻りましょうか。この遺跡のダンジョンは勇者様の成長を助ける目的で、創造神様が用意されたもののひとつです」

「ひとつってことは、ここ以外にも勇者用のダンジョンがあるのか」

「えぇ。リューシンくん、その通りです。特にここは、低レベルの勇者様用に造られたダンジョンであるようです」

「低レベルの……。なんでそんなことが分かるにゃ？」

遺跡のダンジョンを管理しているのはベスティエで、メルディはこの国《ベスティエ》の姫だ。しかしそんな彼女も、ここに関する情報はあまり多くを知らされていなかったみたい。

「それはかつて、私とここを踏破した勇者様のレベルが１００以下だったからです」

「「「えっ」」」

クラスメイトたちから驚きの声が上がる。

俺はティナから聞かされて知っていたけど、知らなきゃビビるよね。

「当時レベル70だった勇者様が、成長しながら攻略していくのにちょうど良い設定で造られていたのです。だからここは、低レベルの勇者様用ってことです」

「あ、あの、ティナ様。そういうことではなく……」

「先生はこのダンジョンを、一度クリアしてるってことですか!?」

「はい、そうですよ。……あれ、言っていませんでしたっけ？」

うん。たぶん俺以外には、教えてないと思う。

ダンジョンを踏破することは、この世界では快挙だとされている。多くの冒険者が集う人気のダンジョンであっても、その最終層まで到達して『石碑』に名を刻める者は極々限られているのだ。ちなみに石碑というのは全てのダンジョンの最終層にある巨大な石板のことで、ダンジョンのラスボスを倒した者の名が自動で刻まれるようになっている。冒険者にとってダンジョンの石碑に自らの名を刻むことは、この上なく名誉なことなのだ。

「ということは、ここの石碑にはティナ様のお名前も？」

「ありますよ。私は勇者様と協力して、ここのラスボスだった赤竜《せきりゅう》を倒しましたから」

「ま、まじかにゃ」

「メルディさんも知らなかったのですね」

ルナが疑問を持つ理由も分かる。獣人は強い者に惹かれる種族だ。そんな種族が勇者という強者《つわもの》に興味を持たないわけがない。勇者とティナがこのダンジョンに挑戦して踏破したということを知っていれば、それを代々武勇伝として語り継ぐのが獣人族だ。

「お恥ずかしい話なのですが、実は当時の私たちは獣人王様に認めていただくことができず、このダンジョンへ入る許可をいただけなかったのです」

「えっ。で、でも、ティナ先生は――」

「えっとですね、その……。勝手に入っちゃいました。てへ」

ズルいんだよなぁ。可愛すぎるだろ、それ。

俺が以前ティナから遺跡のダンジョンを攻略したときの話を聞いた時も、同じように茶を濁していた。ティナの『てへ』が可愛すぎて、許すことしかできなかった。当時の俺は、ダンジョンに不許可で侵入したティナを許すとか許さないとか言える立場じゃなかったけど……。

でも今の俺は、遺跡のダンジョンを管理するベスティエの所有者《オーナー》だ。

「仕方ないよ。勇者が強くなるためには、どうしても必要なことだったんでしょ？」

「は、はい。そうなのです!!」

「じゃあベスティエのオーナーになった俺が、過去のティナたちの罪を赦すよ」

ティナのついでに、勇者の罪も不問に付そう。そしてこの俺の勝手な決定だけど、獣人のみんなは認めてくれると思う。獣人は強い者には従ってくれる種族だから。

「そーいやハルトって、この国の所有者なんだよな」

「なんで国の王を超えてるんだよ」

ルークやリューシンがあきれ顔でこっちを見てきた。今更なんだから、慣れてくれ。

「ハルトが良いっていうなら、たぶんお父様も武神様も文句は言わないにゃ」

獣人の姫《メルディ》からのお墨付きももらった。だから大丈夫。

「ハルト様。ありがとうございます」

「うん、いいよ」

これで一件落着。さ、いよいよダンジョンに入ろうか。俺はダンジョンに向かおうとした。

「あの……。このダンジョンで宝石などが取れないことに関して、説明が途中だったと思うのですけど」

「あっ」

忘れていた。ごめん、リュカ。

「そうですね。説明がまだでした。このダンジョンにも宝箱はありました。入手できた装備やアイテムなどは、冒険者用のダンジョンのモノとは比較にならないほど高性能なモノばかりでした。ですが今は、その中身がほとんど補充されていないのです」

「補充されていない……。それはここが、勇者様用のダンジョンだからですか？」

「勇者が来た時でないとダメということかの？」

「少し違います。勇者様用のダンジョンで一度誰かが宝箱の中身を取ってしまうと、そのアイテムを消費したり装備が壊れたりしない限り、次が補充されることがないのです。たとえ次の勇者様が来たとしても、それは変わりません」

どうしてそうなっているのかは、この世界の誰も知らないらしい。だからこれは俺の推測なのだが、神様がバ・ラ・ン・ス・を・取・ろ・う・と・し・て・い・る・のではないだろうか。勇者用の優れた性能の装備が世に出回りすぎると、それが戦争に使われたときに被害が大きくなってしまう。そうならないように、神様が調整している。俺はそう考えていた。

異世界から転移でやって来た勇者が魔王を倒した後、勇者たちは例外なく元の世界に帰るという。そして勇者用のダンジョンから彼らが持ち出した装備品などは、その勇者が所属した国が保有することになる。ほとんどの装備品が国宝になるらしい。それくらい、勇者用のダンジョンで得られるアイテムの質は素晴らしい。ただそれら装備の多くは国宝として大切に保管されてしまうので壊れることがなく、神様が宝箱に新たな装備品を補充してくれないのだ。

ここまで話を聞いて、ルナがあることに気づいたようだ。

「あ、あの……。ティナ先生がこのダンジョンを踏破して、その後装備などが補充されていないというのを知っているということは、もしかして──」

「はい。ルナさんの推測通りだと思いますよ」

「ん。どういうことかにゃ？」

「つまりこのダンジョンで得た装備などを、今もティナ先生が所持しているということです」

さすがルナ。正解だ。

「えっ!?」

「国宝級の装備を、個人で……」

リューシンは驚き、リュカは羨望の眼差しでティナを見ていた。

「ティナ様は英雄ですから、それクラス《国宝》の装備を複数お持ちでも不思議ではありません」

ティナを慕うリファは、何故か自分のことのように得意げだった。

「ちなみにハルトはその装備とか、見たことあるの？」

「うん、あるよ」

俺は以前ティナに、このダンジョンで得た国宝級の装備やアイテムを見せてもらったことがある。一番ヤバかったのは、刀身が真っ黒な刀かな。百年経った今でも、ティナのメイン装備だそうだ。俺も剣術の訓練の時に振らせてもらったことがあるが、切れ味がすごかった。

勝手にダンジョンに侵入して、勝手に持って行った装備だから窃盗ということになってしまうのだが……。俺が彼女と勇者の罪をなかったことにしたので、今後もあの黒刀の主《あるじ》はティナでいいだろう。たぶん彼女が一番使いこなせているし、俺には覇国があるからな。

「というわけでこのダンジョンの宝箱には、期待ができないのです」

「そ、そうなんですね」

「リュカ。それを伝えずにつれてきちゃって、ゴメン」

「ハルトさんはそのことを、ご存じだったのですか？」

「うん。ティナに聞いていたからね。でもダンジョン攻略って、アイテム収集以外にも色々とやる意義があるから」

それはレベル上げだったり、石碑に名を刻むことだったり……。今回みんなを連れてきた目的は、レベル上げの方がメインになるかな。ちなみに俺は、もしみんながついてきてくれなかった場合、ひとりでもこのダンジョンに入るつもりだった。

ティナが好きだったという、勇者の名を知りたかったから。

百年前にこの世界にやって来た勇者は五人いた。その五人の勇者をティナが導いて魔王ベレトを倒し、この世界を救った──というのがこの世界に伝わる勇者のお話だ。当然彼らに関する情報は、様々な書物に記録されている。しかしティナが好きだったという勇者だけは、何故かどんな本にも名前が書かれていなかったんだ。人々に『守護の勇者』と呼ばれていた彼は、後ろに護るべき人が居ると強くなったのだという。しかしそれ以外の情報はほとんどなかった。世界を救った英雄のひとりであるにもかかわらず、彼だけ肖像画や石像なども作られていないという。何か特別な事情でもあるのだろうか？

実は以前、俺はティナに勇者の名前を尋ねたことがあった。

――＊＊＊――


「ティナ、ちょっといい？」

「なんでしょうか？」

「ティナと一緒に旅をしたっていう守護の勇者。彼の名前がどんな本にも書かれていないんだけど……。これはどうしてか知ってる？」

「あぁ、それはですね。彼がどれだけヒトを救っても、頑なに名乗らなかったからです」

「名乗らなかった？　なんで？」

「……以前、私と一緒に旅をしていた勇者様は、神様から十分なスキルやステータスなどを貰わずにこちらの世界にやって来たということをお伝えしましたよね」

「うん。それは覚えてる」

百年前のエルフの王国《アルヘイム》には、純粋なエルフこそ最も優れた種族であるというエルフ至上主義を掲げる集団がいた。勇者の血縁であるティナと彼女の家族は、人族の血が混じっているハーフエルフだ。そんなティナたちを、エルフ至上主義の集団が襲った。両親は殺され、ティナは人族の奴隷商人に売られてしまった。人族の国に連れていかれる途中で、奴隷商人の馬車が魔物に襲われた。ティナも魔物に殺されそうになった時、駆け付けてくれたのが守護の勇者だ。

ティナを助けるため、その勇者は神様から本来与えられるはずだったチートスキルや、魔物を圧倒できるステータスなどを貰う前に転移してきたという。

「勇者様は私のせいで、本物の勇者の力を得ずにこの世界にやってきたのです。ひとりでは多くのヒトを守れないと判断した彼は、私と協力して魔物を倒すことを選択しました。私は全く気にしていなかったのですが、彼はそれを恥ずべきことだと考えたようです」

ティナには『勇者の血を継ぐ者』という加護があった。勇者の血縁に稀に現れる加護で、その加護を持つ者は勇者級の強さまで成長できるらしい。現にティナはレベル２５０の魔法剣士という、この世界最強クラスの存在になっている。

勇者の血を引くティナと、本来の力を持たない守護の勇者は互いに高め合いながら、多くの国や街を魔物の脅威から救っていったという。

「そうなんだ……。でもさすがにティナは、彼の名前を聞いていたんじゃない？」

「もちろんです。彼は──」

ティナの表情がこわばった。

「彼は、勇者様のお名前は……。な、なんで？　どうして!?」

「お、おい！　ティナ、大丈夫か!?」

ティナの顔が真っ青になる。口を開けても勇者の名前が出てこない。

ただ思い出せないだけではないようだ。まるで勇者の名前に関する記憶を誰かに無理やり奪われたかのように狼狽える。そして──

「ティナ!?」

彼女は意識を失い倒れてしまった。尋常ではない量の汗をかいている。

その後、ティナは意識を取り戻したものの、俺との会話を覚えていなかった。彼女のステータスを確認させてもらったが、異常はなかった。でも、先程のティナの様子は……。

まるで何かが、守護の勇者に関する記憶を無理やり封印している──そんな感じがした。


──＊＊＊──


俺はそれ以来、ティナに守護の勇者関連のことを聞かないようにしてきた。もちろん勇者の名は気になっていたが、それ以上にティナのことが心配だったからだ。

しかし今日、俺は守護の勇者の名前を知ることを決意していた。今日なら大丈夫だと、俺の『直感』が告げていたんだ。

学園祭の時から俺は、読心術の強化に努めてきた。敵の考えていることが分かるっていうのは、圧倒的なアドバンテージとなる。俺が想定している敵っていうのは、邪神の手下たち。つまり悪魔や魔人といった存在だ。ヒトを巧みに騙して罠にはめたり呪いをかけたり……。そういった搦め手はもちろん、真正面からやりあっても奴らは強い。そんな敵と戦うにあたって、読心術は頼れる武器になる。それから、エルノール家のみんなの機嫌を取るのに役に立つこともある。

その読心術を強化する過程で、俺は自分の脳に魔力を流しすぎたのかもしれない。俺の脳はかなり活性化されていた。全く意図していなかったことだが、直感が働くようになったんだ。俺の兄カインの超直感はもとより、猫獣人のサリーのスキルにも劣る俺の直感だけど、これは非常に便利だ。ちょっとした選択肢がある時、いい結果になるよう自然と判断が誘導される。

その直感が、ティナを連れていっても大丈夫だと告げていた。

遺跡のダンジョンを踏破すれば、最終層の石碑に勇者の名が刻まれているはず。なんとなくだけど、ティナの記憶に関する情報もここで見つかると思っていた。

「みんな、用意はいい？」

「「もちろん！」」

遺跡のダンジョンには、ティナを含むクラスメイト全員で挑む。このメンバーであれば、守護の勇者とティナが踏破するのに一ヶ月かかったというダンジョンも、一週間でクリアできるだろう。勇者とティナがダンジョンを踏破した後、ふたりのレベルは１００ほどまで上がっていたという話を聞いていた。既にレベル１００を軽く超えるメンバーが何人もいる俺たちであれば、問題ないと判断したんだ。もし一週間で踏破できなくても、転移で一旦イフルス魔法学園に帰って、また時間のある時に挑戦すればいい。

「よし。いこう」

俺は獣人王《レオ》から預かった鍵でダンジョンの入口を開け、仲間たちと一緒に遺跡のダンジョンへと足を踏み入れた。

ダンジョンの内部を進んでいく。

あまり強い魔物は居ないと思うが、念のため精霊界から覇国を召喚して装備している。ティナの話では、このダンジョンは地下十層まであるらしい。今いる一層目にはレベル30程度の魔物が出現し、ここから下に行けばいくほど、魔物のレベルが上がってくるそうだ。

ダンジョンとしては比較的単純な造りで、入口から真っ直ぐ広い通路が続いていて、時々、左右に細めの通路が現れる。こっちに進むといくつかの部屋があって、魔物が居たり宝箱があったりするらしい。今俺たちが歩いている中央の広い通路を進めば、魔物はあまり出てこない。魔物と戦いたくなければ、広い通路を進めばいい。

ティナはこのダンジョンのほとんどの部屋の配置や、魔物の出現状況を覚えていた。

「三層目までは強い魔物は出ません。それから罠などは、五層目から注意が必要です」

「宝箱もなければ、面白そうな敵もおらぬのか……」

「敵がいねーのはつまんねーな」

「リューシン。あんたはいつも不注意でトラップにかかるんだから、魔物のことよりそっちを気にかけなさいよ。ティナ先生の話聞いてた？　五層目から注意しなきゃだからね」

「うつ……。りょーかいっす」

リュカに諭され、リューシンのテンションが目に見えて低下した。ちなみに俺がこの遺跡のダンジョンに入ることを決めたとき、ティナの次に誘ったのがリュカだ。彼女は竜神の加護を受けた『竜の巫女』という存在で、回復系の能力に秀でている。勇者の名を知る過程でティナの身に何かあれば、リュカを頼るつもりだった。

それからダンジョン攻略に向けて、リュカの次に声をかけたのはルナだ。彼女はアイテムや装備品に関する知識が豊富で、歩くアイテム図鑑と言っても過言ではない。観察眼も鋭く、ちょっとした異変にも気がついてくれる。何かが隠されているダンジョンに行くのであれば、是非とも連れていきたいメンバーのひとりだ。それに今回は特に、ルナを連れていった方がいいと俺の直感が告げていた。

ということでルナをダンジョン攻略に誘ったら、喜んでついてきてくれた。そしてティナが行くなら私たちもと、リファとマイ、メイ、メルディがついてきた。リュカを誘ったのでリューシンにも声をかけた。ここまで来るとルークだけ誘わないのも悪いので、彼も誘った。

こうしてクラスメイト全員揃って、ダンジョン攻略にやってきたのだ。

「三層目までは何もなさそうだから、サクっと進んじゃおうか」

「賛成です」

「さっさといくにゃ！」

俺たちはたまに脇の通路から出てくるレベル30程度の魔物を倒しながら、真っ直ぐ中央の通路を進んでいった。

ダンジョン一層目の最奥までやって来た。

行く手には重そうな石の扉がある。この先に一層目のボスモンスターが居て、そいつを倒さないと次の層に進めない。ティナが前に挑戦した時はレベル40くらいのゴブリンファイターがボスで、周りに数体のゴブリンを従えていたという。

うん。その程度なら、全く問題なさそうだ。

全員で進むと、扉が勝手に開き始めた。扉の奥には大きな部屋があり、中央に二メートル程の体躯のゴブリンファイターと、その側にいる二体のゴブリンの姿を確認した――

「『ファイアランス！』」

「『飛空拳！』」

二本の炎の槍がゴブリンファイターを貫き、飛んでいった魔力の塊が取り巻きのゴブリンをそれぞれ爆砕した。ボスの存在を確認した瞬間、俺とティナがファイアランスを、メルディとリューシンが飛空拳をほぼ同時に放ったのだ。

ちなみに打ち合わせとかはしてない。なんとなくだけど、ボス部屋に入る前にボス倒してやったぜ――的なことをやってみたかったんだ。同じようなことを考えていたのが、俺の他に五人もいたことにちょっと驚いた。

「皆さん魔法の発動、早すぎです……」

魔法の発動が間に合わなかったリファが、そう言いながら翡翠色の弓を下ろす。

「うん。そのスピードはむり」

ルークが魔法発動のために放出した魔力をどうしようか悩んでいた。彼らも魔法を放とうとしていたのだ。

てかルーク。ゴブリンファイター程度に、その魔力量は多すぎじゃない？

上位魔法ではないが、中位魔法の中でも強い部類の魔法を発動しようとしていた。

「ルークよ。要らんならそれ、貰っていいかの？」

ヨウコがルークの放出した魔力を欲しがっていた。ヨウコは九尾狐という魔族で、他人の魔力を吸収して尻尾に貯めておける。日々生活するだけでも彼女は多くの魔力を消費するので俺か、エルノール家に居候している神獣《フェンリル》のシロが定期的に魔力を渡していた。

「あぁ。勿体ないから貰ってくれ」

「ありがとなのじゃ！」

ヨウコが手を翳すと、ルークの魔力が吸収されていった。なんとなくヨウコのバストが大きくなった気がする。もしかしてヨウコが普段から大量の魔力を消費するのって、人化したときの体型維持のために使ってるんじゃないよな？

そんな感じのやり取りをしながら、俺たちは次の層に移動するためボス部屋に入った。


ボス部屋の中に入ると、黒焦げのゴブリンファイターの死骸が光になって消えていくところだった。この世界では魔物を倒すと、その死骸がその場に残る。冒険者たちはその死骸から皮や牙などを剥ぎ取り、それを売って生計を立てるのだ。一方、ダンジョン内で倒した魔物は時間が経つと光となって消えていく。素材の剥ぎ取りもできるが、急ぐ必要があった。

しかし魔法系の戦闘職である俺たちにとって、ゴブリンファイターの素材は魅力的なものではないので、剥ぎ取りはしなかった。ダンジョンのフロアボスを倒した楽しみはこれからだ。俺はゴブリンファイターが居た場所から後ろの方に目をやる。そこに小さな宝箱を見つけた。

勇者用のダンジョンにおいて、フロア内の宝箱は中身が補充されないことが多いが、ボス部屋の宝箱だけはボスが倒される度に補充されるのだ。ボス部屋の宝箱からは割といいアイテムが手に入る。装備品が出ることはあまり期待できないのだけど……。

俺が宝箱を開けると、中に紫色の液体が詰まった小瓶――上級回復薬が入っていた。上級回復薬は体力と魔力を全回復してくれるアイテムだ。ダンジョン一層目の戦利品としては良い方だと思う。

俺たちの独自ルールとして、ダンジョンで手に入れたアイテムはそれを見つけた人のものってことにしている。しかしボス部屋の宝箱から得たアイテムだけは、ここを出てからまとめて分配を決めることになっていた。とりあえずこの上級回復薬は俺が持っておく。

さて、第二層に移動しよう。

ダンジョンでは階段や『転移石』で別のフロアに移動することになる。転移石とは、触れると自動で特定の場所に転移させられる石のことだ。このダンジョンでは、転移石で各層を移動するようだ。宝箱より更に後ろに白い石碑が立っていた。これが転移石だ。世界樹の中にあったダンジョンの転移石よりはだいぶ小さいが、石に彫られている模様はなんとなく似ている。

ちなみに階段で移動するタイプのダンジョンは、最終層まで行けば地上に戻る転移石があることが多いが、それ以外の層の移動ではわざわざ階段で昇り降りしなくてはいけない。例えば四層目までダンジョンを攻略し、途中で帰りたくなった時、三層目から一層目までを全て通らなくては帰れない。

転移石のあるダンジョンでは、各層のボス部屋に転移石があって、攻略した層であればどこへでも移動が可能だ。だから冒険者たちには転移石のあるダンジョンの方が人気だった。行ったことのある場所に魔法陣さえ設置してしまえば、だいたいどこへでも転移できる俺にとっては、あまり関係のない話だけど。

転移石の周りにみんなが集まってきた。

「ハルト様。少しよろしいですか？」

ティナに呼ばれて、俺は転移石から離れてティナのもとへ移動する。

「何、どうかしたの？」

「あの転移石で次の層に移動すると、ハルト様だけ別の部屋に飛ばされる可能性があります」

小声でティナがそう言ってきた。

「えっ、なんで？」

「私と守護の勇者様がこのダンジョンに挑戦した時、そうだったからです。私は何も無い部屋に移動させられ、勇者様はいくつかのアイテムが置いてある部屋に移動させられました」

このダンジョンは異世界からきた勇者を育成するためのもの。だから転移勇者がやってきた時、特典を受け取れるようになっているようだ。しかし俺は勇者じゃない。それに俺を転生させたのは邪神だ。果たして俺にも、その転移勇者特典が適用されるのだろうか？

ティナもそのことは知っていたが、いきなりみんなと別の場所に移動されても俺が焦ることのないようにと一応、伝えてくれたのだ。

「分かった、教えてくれてありがと。その部屋からはすぐに出られるの？」

「ええ。守護の勇者様は私が入ることのできない部屋に飛ばされましたが、その部屋から出るのは簡単だったそうです。もしバラバラになったら、私はリファさんたちと待機していますのでご安心ください」

ダンジョン内でもみんなの魔力は検知できた。だからちょっとはぐれたとしても、すぐに合流できるだろう。最悪の場合でもティナに持たせた魔石に転移用の魔法陣が描かれているので、それを目印に転移すればいいのだ。

「おっけー。じゃ、行こうか」

「はい」

俺はティナと転移石の所へ戻り、みんなと同時に転移石に手を触れた。

03

告白と選択

LEVEL 1 NO SAIKYO KENJYA

次の層に移動できた。

ティナが言っていたように、俺はみんなとは別の所に転移させられたみたいだ。四つの石の台座がある部屋に俺はいた。そしてここに転移してきたのは、俺だけじゃなかった。

「ハ、ハルトさん……」

ルナが俺の下で顔を赤くしている。何故かルナもこの部屋に転移してきたのだ。

転移する際には身体を強引に引っ張られる感覚があり、慣れないと転移先で転《こ》けてしまう。俺は普段から転移をよく使うので慣れているが、ルナはそうではなかった。

この部屋に俺が転移した直後、俺のすぐ横にルナが転移してきた。そしてルナがバランスを崩して倒れそうになったので、俺は咄嗟にルナの頭を手で守りながら抱き抱えた。

俺以外に誰か来ると思ってなくて焦ってしまったんだ。だから俺もルナと一緒に倒れた。結果としてルナを押し倒すような体勢になってしまっている。俺の手で守ったので、ルナが石の床に頭を打たなくて良かった。結構強く打ち付けたけど、邪神の呪いでステータスが『固定』されている俺には、ダメージなんて無い。

だけどこのルナを押し倒したような体勢……。どうしよう？

普通なら謝ってササッと立ち上がるのだが、身体が動かない。

こんなに至近距離でルナを見たのは初めてだった。

ルナ、すごく可愛い。

学園に入学した時からルナのことは可愛いなって思ってた。でもこうして改めて近くで見る

と、魅入ってしまう。やっぱりルナって、かなり可愛いよな。

美の種族とも言われるエルフや、芸術品レベルの綺麗さの精霊が周りにいるせいで霞みがちだが、こうして改めて見るとルナはこっちの世界に来てから見た人族の女の子の中では群を抜いて美少女だった。

「ご、ごめん。ルナ」

ちょっとドキドキしながら、俺はルナの上からどいて立ち上がった。

「いえ……。倒れそうになった私を守ってくださったんですよね？　ありがとうございます」

俺が差し出した手を握って、ルナが立ち上がる。彼女の手は小さくて、柔らかかった。

「ここは、どこなのでしょう？」

ルナがキョロキョロ周りを見渡す。この部屋は四方をぼんやりと光る石の壁に囲まれていて、どこにも出入口などなかった。ここがティナの言っていた転移勇者の特典がある部屋であれば、出るのは簡単らしいのだけど……。

それだと、なんでルナもここへ飛ばされたのかが分からない。

まさかルナも転移者、もしくは転生者だとでもいうのだろうか？

しかしルナにはステータスボードを見せてもらったことがある。彼女の戦闘職は『付術師見習い』だった。割とレアな職なのだが、この世界の神によって転移もしくは転生させられた者は職業が三次職に固定されるらしい。だから二次職見習いであるルナが転生者である可能性は低いと考えていた。ただルナが転生者でなければ、この部屋は特典部屋ではないということになり、何らかの方法で脱出しなくてはならない可能性がでてくる。

俺はルナに転生者かどうか聞くべきか悩んでいた。ルナが転生者であれば、俺と一緒にここに飛ばされたことに納得できる。しかしそれは同時に、俺が転生者であるとカミングアウトすることになるのだ。

……まぁ。バレてもたいした問題ではないし、ルナはいい子だから頼めば他言しないでいてくれるだろう。そもそもここから出られないと決まったわけではない。普通にどこかに出入口があるかもしれないのだ。だからまずは、ここを調査しよう。

「ここがどこなのか俺にもわからない。とりあえず、この部屋を調べてみよう」

「わ、分かりました」

俺とルナは、この部屋の調査を開始した。

まず目に付くのは、四つの台座だ。三つは上に何も乗っていなかった。残るひとつの台座には、かなり古そうな本が無造作に置かれている。表紙に何か文字が書かれているが、俺はそれを読むことができない。本を手に取り開いてみたが、中に書かれている文も読むことができなかった。何なんだこの文字は？　俺はこんな文字、見たことないぞ。

「私が見てもいいですか？」

そう言ってルナが俺から本を受け取った。ルナは古代ルーン文字をスラスラ読んだりできるので、もしかしたらこの本も読めるのかもしれない。

ルナがページを捲っていく。

あれ？　なんか、普通に読めているように見えるけど……。

途中でページを捲る手が止まり、ルナの顔が赤くなった。そしてそのページをすごく真剣に読んでいるように見えた。

「ルナ？」

「ひゃ!?　えっ、あ、なんでしょうか？」

声をかけたらすごく驚かせてしまった。それほど真剣に読むほどのことが書かれていたのだろうか？　内容がすごく気になる。

「ルナ。もしかして、これを読めるの？」

「は、はい。この本は魔導書みたいです」

「魔導書？」

「使用を禁止され、今は詠唱すら忘れ去られた禁忌魔法や、すごく効果の高い薬の製造方法などが書かれています」

そう言ってルナが、すごく大切そうに本を胸の前で抱えた。

「あの……。この本、私がもらってもいいですか？」

「んー。いいんじゃない？　ボス部屋の宝箱からゲットしたわけじゃないし、多分ルナにしか読めないから」

俺は一応、古代ルーン文字が読めるし、最近はティナやリファに教えて貰ってエルフ文字も覚え始めた。この世界では、そのふたつの文字が特に難解な言語として知られている。そのふたつの言語を多少理解できる俺が、全く読めない文字なのだ。おそらくもっと特殊な上位言語なのだろう。

「ありがとうございます！」

ルナが見たことないくらいの笑顔になった。

すごく可愛い。

なんでルナがこの本をそんなに欲しがるのか気になるところだが、ルナが喜ぶ姿を見ていたらどうでも良くなった。

その後ルナは、再び本を読み始めた。先程顔を赤くして見ていたページに何度も目を通しているようだ。

やはり内容が気になる……。よし、禁断のアレを使っちゃおうかな。

俺は読心術をオンにした。直ぐにルナの思考が伝わってくる。

（――と、火吹き草、それからドラゴンの爪ですか。火吹き草は確か学園で栽培してたはず。ドラゴンの爪は……。リューシンさんに頼んだらもらえますかね？）

なんだろう。何か魔具でも作るための材料なのかな？

何を作るつもりか知らないが、本来ドラゴンの爪が必要なものをドラゴノイドであるリューシンの爪で代用するつもりなんだろうか？　そんなので大丈夫か？

（とりあえず材料は全部揃えられそうです。問題は、どうやって飲んでもらうかですね）

えっ？　の、飲み物なの!?

誰に飲ませるつもりか知らないけど、リューシンの爪が入った飲み物なんて俺は嫌だぞ。

ルナを止めるべきだろうか？　いったいルナは、何を作ろうとしてるんだ？

(それにしても、これだけの材料でバレにくい惚れ薬ができるなんて驚きです。しかも効果抜群って書いてあります。い、いきなり襲われちゃったら、どうしましょうか。飲んでいただく前に……その。か、覚悟をしておかないといけませんね)

おぉ、マジか……。ルナが惚れ薬を作ろうとしてるよ。

しかも上位言語で書かれた魔導書に載ってるレベルの、超強力なやつを。

いやいやルナさん。あなた鏡を見たことないの？　君なら惚れ薬なんて使わなくても、たいていの男は堕とせるから!!

(対象の体液と術者の体液を混ぜたものを触媒にすると、錬成時に成功率が上がると書いてありますが……。これって、今がチャンスなんじゃ)

ルナが俺をチラッと見てきた。

「ん？」

「あっ、いえ。なんでもありません」

(む、無理ですよ……。なんてお願いすればいいんですか？　体液をください――なんて、言えるわけないいじゃないですか!!)

えっ？　も、もしかして……対象って、俺？　な、なんで俺!?

(だいたい体液ってなんですか？　唾液とかですか？　対象と術者の体液を混ぜ合わせたも

のって……キ、キスすればいいってことですか!?）

いやいや。他にもいっぱいあるでしょ！　汗とか、血とか。

（で、でもハルトさんとふたりっきりになるなんて滅多にないことですから、この機を逃したらダメな気もします）

まじか……。本当に、俺なんだな？

ルナみたいな美少女が惚れ薬を使ってまで俺と仲良くなりたいって思ってくれてるのは、なんか嬉しい。でもヨウコの魅惑も効かなかった俺に、惚れ薬なんてたぶん効果ないけど。

（というより今はハルトさんとふたりっきりなんですから、惚れ薬をどうやって作るかより、ハルトさんといっぱいお話して仲良くなった方がいいのでは？）

そうだぞ。そうした方がいい。

リューシンの爪が入った惚れ薬なんて、俺に飲ませようとしないで。

「あ、あの……」

ルナが俺を見てきた。

「何？」

「い、いえ。やっぱりなんでもないです！」

（ハルトさんを意識しすぎちゃって、顔を見て会話ができません）

そこはもうちょっと頑張ってくれよ。

……よし。ならば、こっちからいこう。

「ルナ。ちょっといい？」

「な、なんでしょう？」

「学園祭でさ、俺の企画したメイド喫茶で仕事を頑張ってくれただろ？　おかげで大盛況だった。そのお礼をみんなにしてるんだけど、ルナは何がいい？」

「えっ」

ルナが固まっている。

少し唐突過ぎたかな？

「なんでもいいよ？　言いにくいお願いもあると思って、ひとりずつ聞いてるんだ。リファやメルディたちの願いはもう叶えた。ルナとふたりで話す機会があんまりなくて遅くなっちゃった。ゴメンな」

ルークやリューシン、リュカは三人揃ってちょっと高級なレストランに連れていってあげた。それでご褒美が終わったことにしておこう。

「な、なんでもいいんですか？」

「うん。例えば俺がご飯作ってやったり、マッサージしたり……。頭をなでたりとかもあったな。あとは――」

「キス」

「そうそう、キスとか――え？」

「えっ」

「……キスがいいの？」

ルナみたいな可愛い子とキスできるなら、俺は嬉しいけど。

ルナは顔を真っ赤にして俯いてしまった。ちょっと気まずい雰囲気になる。

でも大丈夫。俺には読心術がある。

（わ、私は何を言ってるんですか!?　きっとさっきまで薬の触媒として必要なハルトさんの唾液の入手方法を考えていたせいです――って、あれ？　唾液をくださるような仲なら、そもそも惚れ薬なんて要らないのでは？）

確かにその通りだな。

（でも、友達だったとしても、普通は唾液なんてくれませんよね？）

うん、ルナも分かってるみたいで良かった。

面と向かって『惚れ薬作りたいので唾液をください』って言われたら、いくら女の子の頼みとはいえ、さすがに断らない自信がない。

あっ、でも。ルナほどの美少女に頼まれたらあげちゃうかも。

「あ、あの……」

（ほんとにキス、していただけるのでしょうか？）

「うん。いいよ」

「えっ？」

（私って今……。声、出してました？）

「えっ――はっ!!」

し、しまったぁぁぁぁあ！　普通に返事しちまった！

「いや、声は出てなかったよ。なんとなく、そうかなーって」

「えっ」

のぉぉぉぉお！　な、なんで俺は、ミスを繰り返すんだ!?

(も、もしかして、私の考えてること……分かるんですか？)

「い、いや、そんなことはない！」

「……私、何も言ってません」

「えっ」

どうやら俺も、かなり動揺していたようだ。

よし、落ち着こう。

「ハルトさんは私の思考が読めるのですね」

「…………」

そんなこと聞かれても答えるわけにはいかない。

もう、引っかからないぞ！

(良かったぁ。さすがにそんなわけないですよね。リューシンさんの爪を入れた惚れ薬を飲ませようって考えてたこと、ハルトさんにバレなくて、本当に良かった)

「お願いだから、それはやめて」

「やっぱり私の心の声、聞こえてるじゃないですか！」

「……ゴメン」

俺はもう、色々諦めた。

「ちなみに思考を読むのって、オフにしたりできるんですか？」

「できるよ」

ルナの質問に素直に答える。

「じゃ、ちょっとだけオフにしてください」

「分かった。……はい、したよ」

「ほんとにオフになってるかチェックします。目を閉じてください」

「目を？　これでいい？」

何をされるんだろうか？　ビンタとかされちゃうかな？

まぁ、仕方ないよな……。少し覚悟をしていたが――

何か柔らかくて、瑞々しいものが唇に触れた。

「っ!?」

驚いて目をあけると、目の前にルナがいる。

俺はルナにキスされていた。

「目を閉じててくださいって、言ったじゃないですか」

俺から離れていったルナが、顔を真っ赤にしながら怒った表情を見せる。

その怒った顔も可愛かった。

「ご、ごめん」

「でも避けなかったってことは、思考を読むのをちゃんとオフにしてくれたってことですね」

「う、うん」

「ちなみにハルトさんが思考を読めるのは私だけですか？　それとも誰でも？」

「誰でもいける」

「そのことをティナ先生たちは知っているんですか？」

「……いや、知らない」

正直に答えてしまった。

あ、これあれだ。ティナたちにバラさないかわりに、言うことを聞けって脅されるやつだ。

まずいな。でもルナさんは、そんな無理難題言ってくる子じゃないと俺は信じてるぞ？

『私の奴隷になれ』とかはやめてくれ。

……いや。美少女の奴隷なら、悪くはないかな。

「じゃあ、このことは秘密にしときますね」

「お願いします」

「はい」

「……え」

「えっ？」

「それだけ？」

「それだけです」

「俺の弱み握ったんだから、脅そうとかって思わないの？」

「……はぁ」

ルナが深くため息をついた。

「ハルトさんは私の心を読めるので、もう分かってるのでしょうから告白しちゃいますけど、私はハルトさんが好きなんです」

ルナが俺の目を見て、そう言い放った。

「大好きな人を、脅すわけないじゃないですか」

大好きだからどんな手を使っても付き合いたい――って考えもあると思うが、ルナはそうじゃないようだ。

「あ、ありがと」

「それがお返事ですか？」

「えっ」

「私がハルトさんを好きだと告白したことに対するお返事が、それですか？」

な、なんだろう？　ルナって、こんなにグイグイ来る子だったんだ……。

ちょっと、俺が思ってたキャラと違う。

「まぁ、ハルトさんには三人も綺麗な奥様がいらっしゃいますし、その他にも可愛い女の子に囲まれてるので、私なんかに好きだと言われても返事に困りますよね。なので私が三つの選択肢を提示しますので、ハルトさんに選んでいただきたいと思います」

「選択肢？」

「はい。選択肢一つ目、私をハルトさんのハーレムに加える」

「ハーレムって……」

結婚したティナとリファ、メルディとだけじゃなく、ヨウコやマイ、メイとも一緒に暮らしていることを言ってるのかな？　一応、あれはエルノール家というひとつの家族であって、俺のハーレムでは無い。俺以外全員女性だから、ハーレムみたいになっちゃってるだけだ。

とすると、ルナの要望としてはエルノール家に入りたいってことでいいかな？

勝手にそう解釈しておく。

「選択肢二つ目。ハーレムには入れず、ティナ先生たちには内緒で私と肉体だけの関係になる」

「……はい？」

「ハルトさんの気が向いた時に私を抱いていただければいいです。ティナ先生たちと比べちゃうと全然ですが、これでも私は男性にモテるんですよ？　それに、そんなに貧相な身体ではないと思います」

えぇー。何その都合のいい女になります発言……。もっと自分を大事にしなよ。

大丈夫だよ、ルナは可愛いから。もっと自信を持ってよ。

「そ、その……。色々と未経験ですが、できるだけ頑張ります」

ルナが顔を真っ赤にしながらそう言った。自分で言っていて相当恥ずかしいのか、モジモジしている。その姿が、すごく愛おしい。

俺が二番目の選択肢を選ぶことは、絶対に無いだろう。

「三つめは？」

とりあえず聞いてみた。

「選択肢の三つめは、私になんか興味ないので、今まで通りただのクラスメイトとして接する——です。ちなみにこれをハルトさんが選んだからといって、私がハルトさんの秘密《読心術》をバラすことはないのでご安心ください」

なるほど。その三択なら、俺の答えは決まっている。

「じゃあ、ひとつめの選択肢だな」

「ですよね、ひとつめの選択肢なんて選んでいただけないですよね——えっ」

「ん？　ひとつめの選択肢がいいんだけど」

「ほ、ほんとに？」

「俺はルナをすごく可愛いって思う。そんなルナが俺を慕ってくれてるんだ。俺はルナに、一緒にいてほしい。だから、エルノール家にきてくれない？」

「いいんですか？　本当にいいんですか？」

「うん。入学式の日に『俺の屋敷に住まない？』って聞いたの、覚えてる？」

「お、覚えてます」

「あの時ルナは、ちょっと考えますって答えてくれたと思うけど……今、もう一回その答えを聞いてもいい？」

ルナの目から涙がポロポロこぼれ出した。

「わ、私も。ハルトさんたちと一緒に暮らしたいです」


――＊＊＊――


神が異世界から転移させた勇者を育成する目的で創ったダンジョンは、この世界にいくつかある。ここは獣人の王国ベスティエにある、遺跡の中に創られたダンジョンだ。そのダンジョン二層目のとある部屋で、ティナ＝エルノールは夫であるハルトが来るのを待っていた。

ティナの周りには、ティナと同じくハルトを夫とするエルフ族のリファと獣人族のメルディ、魔族のヨウコ、精霊族のマイとメイが座っていた。ヨウコとマイたちはハルトと結婚はしていないものの、ティナたちと同じくエルノール家の一員だ。ティナはイフルス魔法学園の教師で、その生徒にはここにいる者たちのほかに、ドラゴノイドのリューシンとリュカ、人族のルークとルナ、そしてハルトがいる。

リューシンとリュカ、ルークは周囲の探索をすると言ってこの部屋から出ていった。彼らのレベルであれば、このダンジョン二層目の魔物など敵ではないので問題は無いはず――そう判断して、ティナは探索に出る許可を出したのだ。

結果として、ここに残ったのはエルノール家の一員だけとなっていた。この部屋には一層目のボスを倒した後、転移石に触れたら飛ばされた。ティナはおよそ百年前、転移勇者とこの遺跡に挑戦した時、同じようにこの部屋に飛ばされた経験があった。その時、一緒にいた転移勇者はティナとは別の部屋に飛ばされ、いくつかのアイテムを手に入れた状態でティナと合流した。それらのアイテムは転移勇者を育成するために、神が用意した特典《ボーナス》だ。

そしてティナの夫であるハルトは、異世界からの転生者。ティナの予想通り、ハルトはこの部屋には飛ばされなかった。恐らく転移勇者用の特典が置かれた部屋――ボーナスルームにいるのだろう。

それはいい。それとは別で、ティナには心配していることがあった。

ルナもこの部屋に飛ばされなかったのだ。ルナはレベル50ほどの、付術師見習いの女の子。異世界からの転生者はこちらの世界に来る際に、戦闘職が勇者や賢者などといった三次職になる。つまり二次職見習いのルナが、転生者である可能性は考えにくかった。

魔力を探る能力に秀でた種族であるエルフ族。その中でも勇者の血を引くティナは、この世界トップクラスの魔力検知能力者だった。彼女が本気を出せば国内のどこに、誰がいるかを把握できる。そのティナが、ルナの魔力を検知できていないのだ。ティナは教師として、ルナの安否を心配していた。

「ルナ、大丈夫かにゃ？」

メルディもルナのことを心配している。ティナのクラスの中でルナと一番仲が良いのは、メルディだった。

「ルナさんがこの遺跡から外に飛ばされたということはないでしょう。ベスティエ国内には、彼女の魔力がありませんので。そしてこの遺跡の中で、私の魔力検知が効かない部屋はひとつしかありません。つまりルナさんは、ハルト様と一緒にいる可能性が高いです」

ルナはハルトと一緒にボーナスルームにいると思われた。そしてハルトと一緒にいるのであれば、まず身の安全は問題ないはず。ティナはそう考えていた。

「ハルトさんと一緒なのであれば、ルナさんも無事なのでしょうけど……。おふたり、全然出てきませんね」

リファが呟く。ティナたちがこの部屋に来てから三十分ほど過ぎていた。十分過ぎたあたりでルークたちが暇を持て余し、探索に出かけたのだが、そこから二十分経ってもハルトとルナは現れなかった。

「もしかして……」

ティナはとある予感がしていた。

「そのボーナスルームとやらに強い魔物がいて、おふたりが戦っているのでしょうか？」

ハルトが異世界から転生してきた賢者であることは現在、エルノール家の全員が把握していた。そしてハルトがボーナスルームに飛ばされたということはティナが全員に教えていた。リファはハルトがボーナスルームで魔物と戦っているのではないかと心配しているが、ティナの考えは違った。

「いえ、そうではないと思います。神がお創りになったダンジョンですので、ボーナスルームに魔物が出ることはないでしょう」

「では、なんでルナと主様が現れんのじゃ？」

「今、ハルト様とルナさんが、ふ・た・り・で・い・る・か・ら・です」

「「どういうことですか？」」

「実は……。ハルト様は魔法学園の入学式の日にルナさんと仲良くなって、お屋敷で一緒に住まないかと提案していました」

このティナの言葉に、リファやヨウコがハッとした。

「ま、まさか」

「もしや主様は、ルナのことを――」

「ええ。ハルト様はルナさんに少なからず好意を持っている。私はそう思います。そしてハルト様には、ご本人の意志にかかわらず女性を惹き付けてしまう性《さが》があります」

リファは何度か魔物から守られたことがあり、気付いた時にはハルトのことが気になるようになっていた。ヨウコは他人の魔力を吸って成長する九尾狐という種族で、膨大な魔力を撒き散らすハルトに自然と惹かれていった。マイとメイはハルトが魔法を使う時の魔力の純度の高さに惹かれ、メルディはハルトの戦闘能力の高さに惚れていた。

ハルトはみんなを惹き付ける何かを備えていた。ルークは街を歩くと多くの女性が振り向くほどのイケメンだが、ハルトもそれに引けを取らないレベルの容姿であることも、彼女たちを魅力する要因だった。

「ですので今、ハルト様とルナさんがボーナスルームでイチャついている可能性があります」

「「えっ⁉」」

「そんな……」

「ず、ずるいのじゃ‼」

「まぁ、とは言ってもキスくらいまででしょう」

ティナはハルトを信頼していた。自分が一番好かれている自信がある。その自分を差し置いて、ハルトがルナに手を出すことはない――そう確信していた。そしてここにいる全員が、既にハルトとキスした経験がある。今更ハルトが女子とキスしたくらいで騒ぐ必要はなかった。

「もしかしたら、ルナさんがエルノール家に加わるかもしれません」

「あぅ。そうするとまた、ローテーションが……」

リファが悲しそうな顔をする。寝る時、ハルトの左側は常にティナが固定で、右側をリファ、ヨウコ、マイ、メイでローテーションしていた。そこに最近、メルディが加わっていた。さらにルナも入る可能性があるというのだ。リファがハルトと寝られる日数が減るのを心配してしまうのは仕方のないことだった。

「そのこともハルト様と相談しなくてはいけませんね。何はともあれ、もしハルト様がルナさんと手を繋いで現れたらそういうことです。手を繋いでいなかったとしても、ルナさんの顔が赤ければそういうことです」

ティナが断言する。その数分後——

ティナたちが待つ部屋に、顔を真っ赤にしたルナの手を引いたハルトがやってきて、ルナをエルノール家に迎え入れることを宣言した。

04

高速レベリング

LEVEL 1 NO SAIKYO KENJYA

「今日からルナが、エルノール家の一員になるから」

ルナとボーナスルームから出たら、すぐそこの部屋にティナたちがいた。ルークやリューシン、リュカは探索に出たようで、ここにはエルノール家のメンバーしかいなかったため、俺はみんなにそう宣言した。

ちなみにボーナスルームには扉がなかったが、壁の一面を通り抜けることができるようになっていて、そこを通って出てきた。壁を通る時、ルナが不安がったので手を引いてあげたんだ。結果なんの問題もなく壁を通り抜けることができ、ティナたちとの合流もできた。

ボーナスルームはダンジョンから切り離された異界に設置されていたようで、中からティナたちの魔力を検知することができなかった。こうして無事に合流できてほっとする。

「ハルト様、お待ちしておりました。それからルナさん。ようこそエルノール家へ」

「ハルトさん。やはりですか……」

「ぬぅ……。またローテーションが長くなったのじゃ」

「ルナ、待ってたにゃ。これからよろしくにゃ!!」

「「よろしくお願いします」」

「あっ、その。よろしくお願いします！」

ルナがエルノール家の一員になるという俺の言葉は、割とすぐみんなに受け入れられた。どうやらティナがそうなるのではないかと予測し、全員で事前に話し合っていたそうだ。みんなルナを迎え入れてくれたが、リファとヨウコは少し複雑そうな顔をしていた。夜寝る時のローテーションを気にしているようだ。確かにだいぶ人数が増えてきたので、どうするか考えなきゃいけない。ちなみに、ルナが転生者かどうかということはまだ聞かなかった。本人が話したくなった時に、話してくれればいいと思う。

「ルナさんが加わったので、家事の分担を改めて行いましょうか」

「ティナ様は、もっと私たちに家事を割り振ってもいいのですよ？」

「確かにな。ティナが何でもできるからと、我らも頼りすぎなのじゃ」

「『私たちにも、もっとお仕事ください』」

「そうですか？　では、頼んじゃいますね。料理当番とか、増やしても大丈夫ですか？」

「お任せください！　最近いっぱい練習して、作れる料理が増えましたから」

「うむ、我もじゃ。進化しただし巻き卵を見せてやろう」

「『私たちも大丈夫です』」

「ルナの作ってくれるご飯は、いつも美味しいにゃ。期待してるにゃ！」

「は、はい。頑張ります」

ティナたちは二十分くらい、俺の屋敷における家事の分担をみんなで話し合っていた。ヨウコが言っていた『進化しただし巻き卵』っていうのがちょっと気になる。

普段、家事をしない俺は完全に蚊帳の外だ。言ってくれればなんでもやるんだけどな。一度、勝手にリビングの掃除をしていたら、その日の掃除当番だったリファに少し怒られた。家事を手伝おうとするより、家事を頑張っているのを褒めてくれた方が嬉しい――そう言われた。

それ以来、あまり掃除などを勝手にやらないようにしている。その代わり、誰かが家事をしている場に出くわしたら、なるべく褒めたり労ったりするようにしていた。そんなのでいいのかなと思うが、みんな喜んでくれているみたいなので良しとしよう。

それから少しして、ルークたちが帰ってきた。

「ただいまー。あっ！　ハルトとルナ、無事に出てこられて良かったな」

「ルークおかえり、待たせて悪かった。ところで、この二層目って何かあった？」

「何もない。案の定、宝箱もほとんど空だった」

「そうだね、つまんなかったよ」

リューシンとリュカが教えてくれた。やはりティナたちが攻略した後、アイテムなどはほとんど補充されていないようだ。何も無いのであればさっさと先に進んでしまおう。

「みんな、お待たせ。それじゃ先に進もう」

「「「おぉー!!」」」

——＊＊＊——

俺たちはその後、特に問題もなく遺跡のダンジョンの七層目までやってきた。

ここまで来るとほとんどの魔物がレベル50を超えている。たまにレベル70近い魔物も出てきた。転移や転生勇者はレベルが上がるのが早い。そんな勇者たちに合わせてこのダンジョンは造られているので、一般の冒険者が挑戦するなら慎重にレベル上げをしながら進まないと攻略は困難だろう。しかし俺たちは一般の冒険者ではない。全員がレベル50を超え、レベル１００を超える者もいる。だからこの七層目までは全く苦戦することなく来ることができた。

この辺ならいいかな？

俺にはとある計画があった。それは『ルナ育成計画』だ。

実は少し前、ヨウコのレベルが急激に上昇するという出来事があった。シロがうっかりヨウコに魔力を与えすぎたらしい。そのせいでヨウコはレベル１５０を超えていた。今やヨウコは、ルーク《賢者の孫》よりレベルが高い。

学園祭で頑張ってくれたご褒美にと、俺がマイとメイに魔力を大量に渡した結果、ふたりはレベル２００を超えた。マイとメイは、イフリートやウンディーネといった精霊王たちに近い存在まで進化してしまったのだ。普通はレベルが上がることで魔力の総量が上昇する。しかし、ヨウコは九尾狐という魔族で、マイとメイは精霊族だ。特殊な種族である彼女たちは、魔力を大量に得ることでもレベルが上昇するらしい。

メルディは日々鍛錬を欠かさず、イフルス魔法学園の管理するダンジョンなどでのレベル上げに邁進していた。そのため彼女は今、レベル90まで成長していた。さすが戦闘種族……。ほとんど単独でここまでレベルを上げるのは、なかなかできることではない。

リファは元々レベル80以上だった。彼女はエルフの国の王族だから、幼い時から国が保有するダンジョンでレベルを上げていたみたいだ。

そんなわけで我がエルノール家は、俺を除く全員がレベル80を超えていたんだ。そこに本日我が家に加入したルナ。彼女はレベル53だった。仲間のサポートを主とする付術師という職業上、どうしてもひとりで戦うことは少なくなるので、レベルを上げにくいのだろう。

ちなみにレベル53が弱いわけではない。ベテランと呼ばれるCランク冒険者がレベル60程度であることを考慮すると、ルナのレベルは十分であるとも言える。しかしエルノール家という括りで見ると、ルナのレベルだけ低いのが目立ってしまう。

俺は家族を――みんなを守りたかった。もちろん俺が側にいる時は、どんな敵が来ようと絶対に家族を守る。離れていても駆けつける。しかし、もしかしたら間に合わないこともあるかもしれない。そんな時のために、俺は家族のみんなに最低限の力を身に付けていてほしいと思っていた。だからこそのルナ育成計画だ。

「ルナ、リュカ、これ持ってて」

俺はルナとリュカに、青く輝く小石を渡した。

「パ・・・パーティー石ですか？　……なぜこれを？」

俺がルナたちに渡したものは『パーティー石』と呼ばれるもの。これは複数人で持つことで魔物を倒した時の経験値を仲間と分配できるアイテムだ。この世界には、パーティーシステム的なものはない。パーティーを組んだからといって、ステータスボードに表示されたりはしないのだ。その代わり、ルナのような非戦闘職の仲間のレベルを上げるために、このパーティー石が使われる。

「この七層目以降の魔物を倒して、ルナとリュカのレベルを上げようかなって」

「い、いいんですか？」

「私はリューシンとのパーティー石があるのですけど……」

「悪いけど、少しだけ俺とパーティー組んで。その方が効率いいから」

　本当のことを言うと、リュカはルナのついでだった。非戦闘系の職だからといってルナのレベル上げを手伝おうとするのに、回復系職業であるリュカのレベル上げを手伝わないのも、なんだか悪い気がするから。

「あの……。ハルトさんとパーティー組むのは、あまり効率的ではないと思うのですが」

「私もそう思います。まだリューシンとの方が……」

　ルナとリュカにそう言われてしまった。ふたりがそう思うのも無理もない。

　この世界ではパーティーを組んでいると、レ・ベ・ル・の・高・い・者・に・多・く・の・経・験・値・が・入・る・ようになっているからだ。例えばレベル10の冒険者とレベル20の冒険者がパーティーを組んだとしよう。このふたりが協力して魔物を倒した時、レベル20の冒険者は、レベル10の冒険者のおよそ二倍の経験値を手に入れられるようになっている。ちなみにレベルアップに必要な経験値はレベルが上がるほど多くなるので、もらえる経験値が少なくても低レベルの者の方が早くレベルが上がることもある。

　ルナとリュカが俺とパーティーを組むのに乗り気でない理由――それはふたりが、俺のレベルが1であることを知らないからだ。

俺はレベル1でルナはレベル53、リュカはレベル65だった。この三人でパーティーを組んで魔物を倒すと、ふたりは経験値を俺のおよそ五十～七十倍もらえる。今回の場合、ルナよりリュカの方がレベルが高いため、リュカの方に多くの経験値が入ることになるが……。

まぁ、そのぐらいはいいだろう。俺とのレベル差を考慮すると誤差範囲だ。

なんにせよ、とりあえずやってみよう。

「いいからいいから。これ持ってて」

少し強引に、ルナとリュカにパーティー石を持たせた。

パーティー石は複数持っていても効果を発揮しない。それから一度同期させたパーティー石を持っていないと、経験値の分配できない。俺がふたりに渡したパーティー石は同期済みで、同じ周期で光を発していた。ちなみにパーティー石で経験値を分配できるのは四人までだ。そのためこの世界では、四人で一組のパーティーとなることが多い。

仕方なくという感じで、リュカはリューシンとのパーティー石を彼に渡した。これで俺とルナ、リュカの三人でパーティーを組んだことになる。俺たちは今、ダンジョンの七層目にある広めの部屋にいる。六層目の転移石に触れたらこの部屋に飛ばされたのだ。

ここは広くてちょうどいい。

「アイスランス！　ウインドランス!!」

俺はその部屋を埋め尽くすほど多くの、氷の騎士と風の騎士たちを作り出した。合わせて百体いる。ここは地下のダンジョンなので、炎の騎士を出すと酸欠になる可能性がある。

だから今回は氷と風の魔法にしておいた。さて、準備完了だ。

「殲滅しろ」

俺の命令に従い、魔法の騎士たちがダンジョンの中に駆けていった。

「相変わらず凄い魔法だな」

「あれだけの数を数秒で生み出してしまうハルトさん、スゴすぎです」

ルークとリファが褒めてくれた。

「なんで今回は、炎の騎士ではないのじゃ？」

「炎の騎士は周りの空気を使って燃えてるんだ。そんで、空気を使いすぎちゃうと、俺たちが呼吸できなくなっちゃうからな」

ヨウコに聞かれたのでなるべく簡単に答えてやる。この世界では、酸欠とかはあまり知られていない。地下のダンジョンといっても、多少の火属性魔法を使ったところで酸欠になるようなことは滅多にないからだ。しかし俺の炎の騎士はかなりの火力で燃えているので、消費する酸素の量がかなり多い。それを百体も出せば、いくら広いダンジョンとはいえ空気が薄くなってしまう。

逆にこれを利用することで、地下に進むタイプのダンジョンであれば、中に入らず魔物を殲滅することも可能だ。ダンジョンの入口から炎の騎士を複数体送り込んで、待機させておくだけでいい。しばらく待てばダンジョン内が酸欠状態になり、魔物は全滅するのだから。

ただ、それには欠点もある。まず呼吸を必要としないゴーストや、不死タイプの魔物には効果がない。そして酸欠で魔物を倒しても、経験値が手に入らないのだ。

そんなことを説明してやっているうちに、ルナとリュカに異変が起きた。

「えっ!?」

「こ、これって――」

ルナとリュカの身体が、青白く光り出したのだ。これはレベルが上がった時に起きる現象。その後も十数秒くらいに一回、ふたりの身体は光り続けた。とんでもない速度でふたりのレベルが上昇しているんだ。

どうやら俺の作り出した騎士たちが、ダンジョン内の魔物を殲滅し始めたらしい。普通レベルを上げるのには、同レベル帯の魔物を十数体倒す必要がある。自分より魔物のレベルが低ければ、さらに多くの魔物を狩る必要がある。

「な、なんで?」

リュカが俺を見ながら驚いていた。おそらく俺のレベルをティナ以上だと思っていたのだろう。レベル250を超えてる奴と組んでも、そこまで経験値がもらえない――彼女はそう考えていたに違いない。

しかし俺はレベル1だ。だからルナやリュカには大量の経験値が入る。そして俺がいくら魔物を倒しても、俺のレベルは上がることはない。パーティーメンバーとのレベル差が広がると、同じ魔物を倒しても俺に入る経験値がどんどん減っていくが、そもそも俺には経験値なんて必要がない。つまり俺はこの世界において、最高効率で仲間のレベリングができる賢者なのだ。

レベル上げ屋とかやってもいいかもしれない。たぶん、かなり儲かると思う。

しばらくすると、ルナとリュカの身体が光らなくなってきた。ダンジョン内部の魔物が減ってきたのだろう。

「そろそろ次の層に進もうか」

氷と風の騎士たちは魔法なので、ボス部屋の扉を開けることはできない。あれはヒトが来た時のみ開くようになっているからだ。ただ俺の魔法たちなら、その扉も破壊できちゃうかもしれないが……。レオにダンジョンはできるだけ壊すなと言われているからやめておこう。

とにかくこの七層目に魔物が少なくなってきたので、次の層に移動する必要があった。

「ちなみに、どれくらいレベル上がった？」

「す、凄いです！　レベル63になりました」

「私は7上がって、レベル72です」

ルナはレベル53から10も上昇したようだ。対して、リュカは7だけ。彼女の方が経験値は多く貰えてるはずだが、レベルが上がると必要になる経験値も増えるため、レベルの上昇率が落ちるのだ。次の層はここより強い魔物がいるはずなので、得られる経験値も増えるだろう。これを十層目まで繰り返していけば、このダンジョンをクリアするまでにふたりをレベル90くらいまで引き上げられるはずだ。

レベル90とは、危険度Bランクの魔物を単独で討伐できる強者のことで、世間では一流と評される。欲を言えば、防御力や素早さが低いルナにはレベル１００を超えてほしい。

でもまぁ、それはまた今度でもいいか。エルノール家全体の戦力強化のため、レベル１００に到達していないメルディとリファ、ルナとパーティーを組んでダンジョン攻略に来ることにしよう。最終的にはみんな三次職になってくれたら嬉しい。家族全員がティナ級の強さになってくれれば、だいぶ安心できる。そんなことを考えながら俺は、みんなを連れて魔物が全く出てこないダンジョンを進んでいった。

——＊＊＊——


七層目のボス部屋の前までやってきた。

そこにはこの層の魔物を狩り尽くした俺の魔法の騎士たちが、ボス部屋の扉の前を開けるように左右に並んで隊列を組んで待機していた。俺たちから見て右側に氷の騎士が五十体、左に風の騎士五十体が並んでいる。なかなか壮観だ。

「みんなお疲れ様。ありがと」

声をかけて騎士たちを労っておく。俺の魔法なのだが、ほぼオートで動くコイツらがただの魔法に思えず、こうして声をかけていた。なんとなくだけど、俺が声をかけると喜んでいる気がする。俺としてはいつも同じように作っているつもりなのだが、何故かコイツらには個体差があった。攻撃が強いもの、速いもの、守りが得意なもの、あまり攻撃に参加しないもの等々。俺が意図してやってるわけではない。昔は個体差なんてなかったが、いつからか個性を持つ騎士が現れるようになっていた。

例えば、隊列を組む氷の騎士たちの一番手前にいるコイツ――鎧の兜部分が一部破損しているこの騎士は、氷の騎士を作り出すと何故か必ず現れる。俺が魔法を発動させた時は兜が破損した個体などいないはずなのに、俺の命令を完遂して帰ってくると兜が破損したコイツがいるんだ。騎士たちより圧倒的格下の敵と戦った時でも兜が壊れて帰ってくる。

そしてコイツは、絶対に隊列の一番手前に並ぶ。まるで自分に気付いてくれと言わんばかりに……。さすがに気になって、俺は氷の騎士たちを尾行したことがある。尾行しやすいように敵は一体に絞り、四体だけ氷の騎士を作り出した。

その時、俺は見てしまった。四体のうち一体が、俺が魔法を発動させた位置から離れたところで兜を自分で殴って壊していたのだ。そんなこと俺は命令していない。俺が命令していないことを勝手に行う個体が現れていた。そのことに少し不安になった。命令に従い、敵味方などの判断をある程度やってくれる分には問題ない。しかし全く命令していないことをやり始める――自律行動をし始めると、いつか暴走するのではないかと考えてしまう。でも俺にとってこの騎士シリーズは最もお手軽かつ、自由の利く魔法だ。だから使用することをやめなかった。その代わり、俺は各属性の騎士が暴走してもすぐに対処できるような魔法――例えば暴走したのが炎の騎士であれば、その炎を消す真空空間を作り出す魔法などを編み出した。

それ以来、特に個性を持つ騎士たちを注視するようになった。

割と危険視していたのだが、俺の心配をよそにコイツらが反旗を翻すことはなかった。逆に、個性を持つ騎士たちの方が柔軟に俺の命令に対応し、俺が声をかけると喜んだ素振りを見せることがあった。

俺は確信した。個性をアピールしてくる騎士には、明確な意思があると。

だからコイツには命令ではなく、普通に声をかける。

「宝箱はあった？」

俺の質問を受け、兜の破損した氷の騎士が仲間の騎士に合図を出した。すると、複数の氷の騎士が隊列の後ろの方からいくつかのアイテムを持って現れ、俺たちの前に置いていった。どうやらこの層まで来ると、百年前ティナたちが発見できなかった宝箱もあるみたいだ。

「この騎士たち、アイテムも回収してくれるのか？」

「ちょっと、有能過ぎません？」

リューシンとリュカが驚いていた。その様子を見て、兜が破損した氷の騎士が誇らしげだった。なんだか最近、感情の表現も豊かになってきている。

「なかなか便利でしょ」

「便利という範疇を超えている魔法だと思うのですが……」

ティナはなんだか複雑そうな顔をしていた。

「主様だから仕方ないのじゃ」

「『ハルト様の魔法ですから』」

ヨウコやマイ、メイは慣れてきてしまったようだ。だから彼女たちを驚かせるために、もっと凄い魔法を考えなきゃなって最近思うようになった。

「とりあえずこの層のアイテムは、ダンジョンを出た後で分配しようか」

「いいのか？　ボス部屋以外でゲットしたアイテムは、手に入れた奴のものって決めたよな」

「ルークだって、やろうと思えばこの層をひとりで攻略できるだろ？　そうしたら、アイテムは全部ルークのものになったかもしれない。でも今回はルナとリュカの経験値のために俺にやらせてくれたんだから、アイテムはみんなで分けるべきだと思う」

「そ、そうかな？　……ま、まぁ。ありがと」

この七層目で得られたのは回復系アイテムなどが多く、装備や武器はやはりほとんどなかった。俺は回復アイテムなど必要ない。ティナたち俺の家族はそうしたアイテムを必要とするけど、・・・・・・クラスメイトの過半数が俺の家族なので、みんなで分配すれば十分だと考えていた。

俺は獣人《ベスティエ》の王国の王城の、俺たちが泊まらせてもらっている部屋に転移魔法で空間を繋ぎ、そこに騎士たちが集めてきてくれたアイテムを置いていった。この世界にはいくらでも物が入る魔法のアイテムバッグがあるのだが、俺はまだゲットしていなかったし、クラスメイトの誰も持っていなかったので応急対応だ。早くアイテムバッグを手に入れたいと思う。

「伝説の転移魔法が、アイテムバッグ代わりに使われる日がくるなんて……」

リファがそう呟いていた。俺の転移魔法は、手が通るくらいの小さい空間を繋げるだけで三千くらい──つまり普通のファイアランス千五百発分の魔力を消費する。アイテムバッグ代わりに使えるほどお手軽かと言われれば、そうではない。魔力の減らない俺だからこそできる、贅沢な使い方だった。

アイテムを送るわけだから、転移じゃなくて転送かな？

俺は全てのアイテムを転送し終えた。

「よし、じゃあボスに挑戦しようか！」

俺がそう言ってみんなとボス部屋に向かおうとした時――

「えっ」

突然ボス部屋の扉が少し開いた。本来、ボス部屋の扉はヒトが触れると開くようになっている。それが誰も触れていないのに、勝手に開いたのだ。

少し警戒してみんなを制止し、様子を窺う。

すると扉の隙間から、先端に白い布のついた棒が出てきて上下に振られた。

「こ、降参スルノ。だからラ、攻撃しないデ」

05

白竜の降伏

LEVEL 1 NO SAIKYO KENJYA

ボス部屋から、真っ白な髪の少女が白旗を振りながら出てきた。

攻撃の意思はないようだ。

白髪の少女が俺の魔法の騎士たちを見て酷く怯えていたから、戦闘態勢をとっていた騎士たちを一旦後ろに下げさせる。

「えーっと。君は、この部屋を守るボスなの？」

ボス部屋から出てきたのだからそうだろう。少し片言だったが人語を話せていたので、かなり高位の魔物か魔獣が人化したものだと思われる。

「違ウ。私はココの、管理者なノ」

「……え」

七層目のボスかと思っていたら、彼女はこの遺跡のダンジョンの主だった。


――＊＊＊――


私の名前は白亜《はくあ》。白竜という種の魔物なの。

私、すっごく強いんだよ。ちなみにダンジョンの中だとドラゴンの姿は動きにくいから、普段はヒトの姿をしてるんだ。でね、私は創造神様っていうこの世界で一番偉い神様の命令で、このダンジョンを管理しているの。

元々は赤竜のおじちゃんがここの管理者――ダンジョンマスターをしてたの。だけどおじちゃんは、百年くらい前にやって来た勇者に倒されちゃった。勇者に倒されるのも赤竜おじちゃんのお仕事だったみたい。勇者を強くするのがこのダンジョンの存在意義だから。

もちろん、おじちゃんはわざと負けたわけじゃないよ。全力で勇者と戦って、それでも負けた。勇者は凄く強かったって言ってたの。ちなみにおじちゃんは倒されちゃったけど、創造神様に生き返らせてもらって、今は創造神様にお仕えしてるよ。創造神様に直接お仕えするのって、私たち竜族にとってはすっごく名誉なことなの。

それで、このダンジョンから管理者がいなくなっちゃったから、次の管理者として創造神様に選ばれて私がやってきたの。管理者っていっても、あんまりお仕事はないんだけどね。ダンジョンのマナから自然発生した魔物たちを各層に配置したり、配下の魔物に命令して宝箱の中にアイテムを入れたり……。

あっ、たまにダンジョンの外に出ていって、強そうな魔物や魔獣を拉致——じゃなくてスカウトして、各層のボスとして配置したりするのもお仕事だよ。

次の勇者がいつ来てもいいように準備してたの。でも普通の冒険者とかはこのダンジョンに入れないみたいで、すっごく暇なんだ。魔物は倒されないと一定数以上に増えないようになってるの。でも魔物を倒すヒトがいないから、魔物が新たに生み出されることもない。

そうすると魔物を配置するお仕事も全くする必要がないの。もちろん宝箱の中身も減らないから、ずーっとそのまま。宝箱って、中身の劣化を防いでくれる魔法がかかってて、新品を入れると勇者が中身をゲットする時まで新品の状態を維持できるの。凄いでしょ!?

まぁ、創造神様のお力のおかげなんだけどね。

ちなみに私が宝箱の中に入れたことがあるのは、回復薬とかステータスを上昇させるアイテムばかりで、装備は入れたことがない。創造神様から送られてきた装備を入れるようにって言われていたんだけど、何故か今日まで装備が送られてくることはなかったの。

勇者が来ないから魔物を配置する必要もなければ、宝箱の補充も要らない。そんな感じで、私はずっと暇だったの。今日までは――

今日、このダンジョンにヒトが入ってきた気配を感じたの。テンションが上がった。だって私の初仕事だから。最終層まで来てくれるかな？

ここまで来てくれたらドラゴンの姿になって『グハハハ、よく来た勇者よ。さぁ、我を倒しこのダンジョンを制覇してみせよ』――ってセリフを言うのが夢なの。

正直、私は赤竜のおじちゃんよりかなり強いの。竜族の中でも神童って呼ばれてたから。でもおじちゃんは、創造神様に生き返らせてもらった時に存在の格が上がって竜の神様になっちゃった。だから今は勝てないの。神様なんだから、勝てるヒトなんていないよね。

それでも、ダンジョンマスターだった頃のおじちゃんより格段に強い私が、ヒトに負けるなんてありえないの。このダンジョンに入れたってことは、少なくともベスティエの王に力を認められたってこと。だからちょっとは期待してあげる。

さぁ、お手並み拝見といくの。

――＊＊＊――


「……えっ」

ま、まって。待って待って待って!!

一層目のフロアボスをしているゴブリンファイターがやって来た勇者たちに瞬殺されたの。

まぁ、その程度なら驚きもしなかった。問題は彼らが二層目から五層目までほとんど脇道に逸れずに真っ直ぐボス部屋に向かって、全てのボスたちを瞬殺しちゃったことなの！

それも、ボス部屋に一歩も足を踏み入れることもせずに。

な、なんなの!?

五層目のボスって、ウォーウルフたちだよ？　あいつら、すっごく動きが速いんだよ？　数十四が完璧な連携で攻めてくるんだよ？

ウォーウルフをボスとしてこのダンジョンに連れてくる時に私も戦ったけど、結構苦労したのに……。それをこのダンジョン攻略中の彼らは、たった数発の魔法で全滅させたの。

ありえないよ。なんなの、あの攻撃速度……。

不安になった私は、このダンジョンのマスタールームにある端末を操作し始めた。この端末はダンジョン内にいる魔物やヒトの情報をチェックできるの。これって、ダンジョンマスターしか使えないんだよ。その端末で、チェックした結果――
レ、レベル250!?　えっ。ティナって、もしかして……。

や、やっぱり、百年前にこのダンジョンを踏破したハーフエルフじゃん!!

それがなんでまた来てるの!?

かつてこのダンジョンをクリアした、ティナというハーフエルフが再びやってきていたことにも驚いけど……。それだけじゃなかった。

ど、どうなってるの？　ティナ以外にレベル１００以上が何人もいる……。

賢者見習いの人族とドラゴノイド、それからあの女のヒトは——

九尾狐!?　な、なんで災厄がヒトと一緒にこのダンジョンに来てるの？

意味が分かんないよぉ。

そんな中——

あれ？　このハルトってヒト、レベル1だ。

人族のひとりにレベル1の男のヒトがいた。レベル1だとこのダンジョンで戦うの、かなり厳しいと思うんだけど……。周りのヒトがパーティー組んでくれないのかな？

そんなことを考えているうちに、彼らは六層目のボス部屋まで辿り着いていた。

あっ、攻撃してる！

レベル1のハルトが、ティナたちと一緒に六層目のボスのマホノームとキレヌーという魔物に攻撃してた。だけど——

あぁ、ほら。やっぱりダメじゃん。

ティナの攻撃だけ当たったみたいで、ハルトのレベルは上がっていなかった。

レベル1の魔法攻撃力じゃ、マホノームにダメージを与えることなんてできないよ。だから絶対に経験値をもらえない。……なんか、かわいそう。

異常な戦力を持った集団が攻めて来ていて怖かったけど、ハルトの存在で私は気が楽になった。ハルトはレベル1だけど、レベル250のティナたちに負けじと、一生懸命に魔法を放っていた。そのハルトが頑張る姿に私はちょっと癒されてたの。

この調子だと今日中に最終層まで来ちゃうよね？　そうすると、私はティナと全力で戦うことになるけど……。できればハルトは巻き込みたくない。

戦いの余波だけでもレベル1のハルトは死んでしまう恐れがあるの。ここまで来てるのにレベルが全く上がらないってことは、きっとパーティーを組んでもらえてないんだろうね。そうなると、怪我しても仲間から回復してもらえない可能性があるよね？

だから戦闘が始まる前に、何とかしてハルトを逃がそうと思うの。それから逃がす時に、ちゃんと適正レベルの魔物を倒してレベルをあげるようにアドバイスしてあげなきゃ。強いヒトについていけば強くなれるなんて勘違いしちゃダメ！　ちゃんと自分の身は自分で守れるくらい努力して、強くなるんだよ――って！

そんなバカなことを考えていた自分を殴りたい。

ハルトは――いえ。ハルト様は、すごくお強いお方だったの。

とんでもないお方なの。正直、ティナよりバケモノだと思うの。

ていうか、ティナ＝エルノールとハルト＝エルノールって、ふたりは結婚してるんじゃないかな？　レベル1のただの人族が、レベル２５０のハーフエルフと結婚できるわけないよね？

……うん。ハルト様は、ただの人族じゃなかったの。正真正銘、バケモノ。

だって私が全力で戦っても勝てるか微妙なレベルの魔法の騎士を、百体も作り出したんだから。ありえないよね？　百体どころか、アレが十体いたら私は負けちゃうと思うの。

その百体の騎士が七層目を蹂躙したの。ものの数分でそこにいた魔物は全滅した。そしてその騎士たちが、七層目のボス部屋の前で隊列を組んだの。その様子をマスタールームの端末で見ていたら、フロアボスであるオーガから連絡が入った。

『助けてくれ』――って。

創造神様のお力で、このダンジョン各層のボスは倒されても復活できるの。でもそれは、『まだ生きたい』という強い意思があればの話。勇者に倒されて、それまでの生に満足したり、その後の生に絶望したりすると、ボスといえど復活できないの。

オーガはあの騎士百体に攻められたら、簡単に生を諦めちゃうだろうって言ってた。

仕方ないよね。たぶん私だってそうだから。

だから私は、ハルト様に降伏することにしたの。


――＊＊＊――

「へぇ。ダンジョンのボスって、復活できるのか」

「そう……。デも、ハルト様の攻撃はダメ。復活できなイ」

俺たちは白亜と名乗る白髪の少女から降伏してきた理由を聞いていた。この少女がここのダンジョンマスターだという。白亜の見た目は幼いが、内包する魔力はとんでもない量だった。彼女が竜であるというのも本当のことだろう。それから彼女は人語を話す機会がほとんどなかったため、少し言葉がぎこちなくなってしまうらしい。

降伏してきた理由だが、俺の魔法の騎士によって七層目の魔物が殲滅される様子を白亜と、この層のボスであるオーガが見て、恐怖してしまったからだそうだ。

ダンジョンのボスは生を諦めない限り、何度でも復活できる。しかし、俺の騎士たちによる七層目の魔物殲滅は、白亜たちに生を諦めさせるのに十分な恐怖を植え付けてしまった。ちなみに六層目までのボスは、俺の攻撃で恐怖を感じる前に、何をされたかも分からないうちに倒されていたおかげで、復活できたようだ。

「白亜に降伏されちゃったけど……。魔物とかって倒しちゃダメ？　もう少し仲間のレベル上げをしたいんだけど」

「各層のボスでなければいいヨ」

ボスたちは白亜がダンジョンの外から連れてきた魔物で、彼女と意思の疎通がとれる。だから倒すのは可哀想なので、やめてほしいとのこと。その代わりボス以外は自然発生の魔物だから、倒してしまってもいいと言ってくれた。

　俺は白亜にそう言われて安心した。特に八層目以降はルナとリュカのレベリングのために、是非とも魔物を狩り尽くしたいところだったからな。

「白亜。少しお願いがあるんだけど、いいかな？」

「なんなりト」

「この先、八層目と九層目のボス部屋の扉を開けてもらったりできる？　あと俺の騎士たちが層を移動できるようにしてほしいんだけど」

「わかっタ」

　白亜がステータスボードのような半透明のボードを出現させ、何かを操作し始めた。

「できたヨ。八と九層目のボスはボス部屋から退避させタ。ボス部屋の扉も開いてル。転移石に触れれバ、魔法でも層の移動が可能にしタ」

　ボス部屋がスルーできるようになったらしい。これで、俺たちが移動するより先に、騎士たちは十層目まで行くことができる。

「ありがとう。それじゃ……行ってこい！」

　俺は氷と風の騎士たちに指令を出した。その指令を受けて騎士たちが駆け出していく。七層目のボス部屋の奥の方に転移石があった。それに騎士たちが群がり、転移石に触れた騎士からその姿を消していった。八層目に移動しているのだろう。白亜が俺を騙して戦力を削ろうとしている可能性も考え、一応騎士たちの位置を探っておく。

　……うん、大丈夫そうだ。ちゃんとここから下の方――八層目らしき場所に移動している。

それに先程、俺たちの前に姿を見せた時の白亜は、本当に怯えているように見えた。そんな彼女が下手なことはしないだろう。そして騎士たちが姿を消した十数秒後――

七層目の時のように、ルナとリュカの身体が青白く光り始めた。ふたりのレベルが上がっているんだ。やはり八層目は俺たちが今いる七層目より魔物のレベルが高いようで、ルナとリュカの身体が光る間隔が短い。

「八層目の魔物たちガ、こんナ速度で倒されるなんテ……」

半透明のボードを眺めながら、そんなことを白亜が呟いた。彼女が持っているのがダンジョンを管理するボードで、魔物の数やダンジョンに挑戦しているヒトの情報をチェックすることができるらしい。

降伏してきた時には既に俺たちの素性を把握していたらしく、白亜は俺の名前を知っていた。レベルも分かるらしいが、白亜は俺がレベル１であることには触れないでくれていた。ルークやリューシンたちにはまだレベル１だってこと言ってないからありがたい。

数分後。どうやらこのダンジョンにいた魔物の殲滅が完了した。ルナとリュカの身体の点滅も終わっている。さすがに八層目以降は魔物も強く、騎士たちも何体かやられたようだ。それでもまだ戦える騎士は八十体くらい残っていた。

「ふたりともレベルは？」

「きゅ、92になりました」

「私はレベル97です！」

ふたりとも無事にレベル90を突破できたようだ。

「うそ……。私、抜かれちゃった」

リファがちょっと悲しそうな顔をする。

無理もない。リファはアルヘイムの王族が保有するダンジョンで効率よくレベル上げできたとはいえ、ほとんど自力でレベリングしてきたのだから。

でも安心してほしい。俺の目標は家族全員三次職――つまり、みんながレベル１５０を超えること。もちろん、リファのレベル上げも手伝うつもりだった。

「そ、そんナ。八層目以降の魔物が……ほ、本当に一体も残らないなんテ」

管理ボードを見て白亜が愕然としていた。

悪いな。俺の仲間の経験値として、ありがたく頂きました。

とりあえずこのダンジョンに来た目的のひとつであった仲間のレベル上げは完了した。もうひとつの目的、ティナの記憶に関する情報を手に入れるのはこれからだ。たぶん、最終層に何か手がかりがある。

「ダンジョンってクリアすると、最終層の石碑に名前が残るんだろ？」

「うん、そうだヨ」

ダンジョンには最終層のボスを倒した者の名が記される石碑がある――昔読んだ本にそう書いてあった。ティナは昔一緒に冒険した守護の勇者の名前に関する記憶を失っているが、このダンジョンの石碑には勇者の名前が記されているはずだ。その勇者の名を知る必要があった。自分でもなんでかよく分からない。けど、それがティナの記憶を取り戻すきっかけになる——そんな予感がしたから、俺はここまできた。

——＊＊＊——

俺たちは魔物のいないダンジョンを進んでいた。

「なぁ、ハルト。たまに落ちてる魔物の死骸……。これって全部、素材になる部位を剥ぎ取りされてるみたいなんだけど、もしかして——」

ルークが気付いたようだ。

「うん。俺の魔法が剥ぎ取りしてる」

「……まじか」

レベル80オーバーの魔物ともなると取れる素材もそれなりに良いものになるので、牙や爪などの部位や魔石は俺の騎士たちに剥ぎ取らせていた。俺の魔法の騎士は魔物の解体までできちゃうのだ。その他、宝箱の中身も騎士たちが回収して最終層のボス部屋に集めてくれている。

魔物の剥ぎ取りや、宝箱の中身回収などする必要がない。だから俺たちはダンジョンをただ真っ直ぐ歩いて、最終層のボス部屋へと向かっている。

「主様の魔法は、とんでもない汎用性なのじゃ」

「便利すぎますよね。いったい、どうやって？」

ルナがどんな仕組みか気になるようだ。彼女とは家族になったわけだし、そのうち作り方を教えてあげよう。ヨウコ曰く、俺の騎士たちは禁忌魔法のフレイムナイトを遥かに凌ぐ性能を持っているんだとか。本家を知らないので俺は『そうなんだ』程度にしか思わなかった。

みんなと色々話しながらダンジョンを歩いていく。魔物が出てこないので忘れがちだが、本来ここはレベル80以上の魔物が闊歩するダンジョンの九層目だ。もちろん魔物だけではなく、凶悪なトラップの類も設置されているのだが――

「ト、トラップが、全部解除されてテル!?」

最終層まで俺たちを安全に連れていくために、トラップを解除しようとしてくれた白亜が驚いていた。既にトラップは全て俺の騎士たちが解除していたからだ。トラップ解除もできる俺の騎士は、何があるか分からない危険な場所への斥候として最適だ。ちなみにトラップの解除方法だけど――

「ち、ちがウ。解除されてるんじゃなくテ、全部・発動・済み・なノ!!」

そう。トラップを起動させずに解除するのは、かなりの技術と知識が必要だ。さすがに俺の騎士たちでもそこまでは無理。まぁ、教えたらできちゃいそうな個体もいるけど。

トラップの解除は厳しいけど、発動させてしまうことは簡単だ。だってトラップを踏んだり触れたりするだけでいいのだから。このダンジョンのトラップには、発動すると槍が飛び出てきたり、落とし穴が開いたり、毒ガスが吹き出したりするものがあった。

槍などの物理的なトラップは、実体を持たない風の騎士には効かないし、氷の騎士の装甲を突き破れるほどの威力はなかった。落とし穴のトラップは、空を飛べる風の騎士には効果がない。また、風の騎士と氷の騎士でコンビを組ませているので、氷の騎士が落とし穴に引っかかっても風の騎士が助けてやれる。魔法である騎士たちに、毒ガスなんて効果があるわけがない。

そんなわけで、俺の騎士たちは魔物を殲滅しつつ、見つけたトラップには自ら率先して引っかかり、俺たちが安全に進むことができるようにしてくれたのだ。

我が魔法ながら、すごく優秀な奴らだ。それでいて発動に必要なのが、大量の魔力だけという、コスパにも優れている。ティナの人造魔物《ゴーレム》は強く汎用性も高いが、貴重な魔石や魔具を多数使わないと造れない。それを思うと、俺の騎士たちはお手軽だと思う。

――＊＊＊――

最終層のボス部屋の前までやってきた。

ボス部屋の扉は開いていたが、七層目の時のように氷と風の騎士は扉の前で隊列を組み、待機していた。待機している騎士たちは少し数が減っていた。更に腕や脚がない個体も何体かいる。俺の騎士たちがやられたり、手足を失うようなレベルの魔物がそれだけいたということだ。

それを短期間で殲滅してくれたのだから、労わなくてはならない。

「みんな、お疲れ様」

多くの言葉は要らない。俺の魔力から生まれた奴らだから、感謝の気持ちは十分伝わるはずだ。騎士たちに表情はないし、行動にも表さない。でも俺の言葉を聞いた騎士たちの内部の魔力が激しく流動し、歓喜しているのが分かった。

「俺の中で、ゆっくり休んでくれ」

そう言った瞬間、騎士たちが魔力に戻った。その魔力が俺を目掛けて飛んでくる。一体あたり一万前後の魔力の塊がおよそ八十個――それが俺に飛び込んできた。

魔伝路を拡張しといて良かった。俺は騎士だった魔力を取り込んでいく。

昔は炎の騎士は出したら出しっぱなしだった。敵にやられるか、もしくは役目を終えたら、その騎士を構成していた魔力は空気中に霧散していた。ある時、それは勿体ないのではないかと思ってしまった。そこで役割を終えた炎の騎士を魔力に戻し、体内に取り込んでみた。すると、面白いことが分かった。魔力だけでなく、取り込んだ騎士が経験したことまで俺の中に取り込むことができたのだ。

この世界では本来、自分の魔法で魔物を倒したら経験値がもらえる。しかし俺に経験値は意味が無い。いくら経験値があっても、邪神にかけられたステータス固定の呪いのせいでレベルが上がらないからだ。代わりに俺は自分の魔法が魔物を倒し、その魔法を自分に取り込むことで魔法が経験した情報を手に入れられるようになったみたい。

経験値はもらえないけど、経験は手に入る。これはなかなか凄いことだ。騎士を百体出せば、その百体が倒した魔物の情報――姿形や攻撃手段、弱点など全てを理解することができる。

俺が百人に分身したのと同じことなんだ。ちなみに魔法の騎士たちは魔物などに倒されたとしてもその魔力は霧散せず、俺のもとに帰ってくるようにしてある。騎士たちが攻撃で魔力を放出すればその分の魔力は戻ってこないが、一万の魔力の塊である騎士たちが魔力を使い果たすような攻撃は自爆攻撃だけであり、ほとんどの場合は俺のもとに帰ってくる。

自爆攻撃をしなくては足止めも厳しい敵と対峙した時、その場にいる騎士が一体だけであれば全力自爆はせず、ほんの少し魔力を残して自爆する。そうすることで、僅かでも俺に魔力を戻そうとする。そして少しでも魔力が戻ってくれば、俺はその魔力の元となった騎士たちの経験を取り込むことが可能だ。

騎士たちが敵わない魔物の存在を知り、対策することができる。炎の騎士で勝てなくても、氷の騎士で勝てそうなら氷の騎士を送り、必要なら他の属性の騎士も送る。また、一体で勝てなければ複数体を送り込む。この方法で俺は、これまでに数多の強敵を倒してきた。

そして今、俺はこのダンジョンの七層目から最終層にいた魔物の情報全てを持っている。更に俺が戦ったどころか、実際に見たこともない魔物ですら倒・し・た・経験を手に入れていた。


――＊＊＊――

最終層のボス部屋の中へと入った。

ここには本来、白亜が竜の姿で待ち構えているので、九層目までのボス部屋と比較すると圧倒的に広かった。竜が飛び回ってダンジョン挑戦者と戦えるくらいの広さがある。

ちなみにその最終層のボスである白亜だが、今は可愛らしい少女の姿で俺の少し前を歩いている。俺たちと戦う気は全くないらしい。竜の姿なら問題なく攻撃できるが、その竜がこんなにかわいらしい少女だと知ってしまうと、さすがに攻撃しにくい。

ボス部屋に入ったら白亜がドラゴンの姿になって『やっぱり私と戦え！』――などと言ってこないか心配していたが、それはなさそうだ。

ボス部屋の一番奥に俺の目当てのものが見えた。

黒く巨大な石碑だ。

白い文字が何か書いてあるのが確認できる。恐らく俺が知りたい情報――このダンジョンにティナと挑戦し踏破した、守護の勇者の名前が記されているはずだ。

俺はその石碑に足早に近づいた。

これでティナの記憶が封印されている理由が分かる。そう思っていたのだが――

「う、嘘だろ」

俺はその石碑の文字を読むことができなかった。文字の形を認識できる位置まで近づいたが、そこに記されている文字は俺が見たことのない文字だった。異世界転移者のボーナスルームでルナが手に入れた本とも違った文字だ。

「そこにはダンジョンを踏破した者の名が記されているらし・・・イ。でモ、私も読めないノ」

先行してひとり石碑の側まで進んだ俺のもとに白亜がやって来てそう言った。ダンジョンの管理者である白亜ですら、この文字を読むことができないらしい。

ダンジョンを踏破すると最終層の石碑に何らかの文字が自動で記される。その文字は、ダンジョンを踏破した者の名だとされていた。白亜はこのことを同族から聞いただけで、実際に石碑になんと書かれているかは知らないという。

ティナに関しては竜族の間で噂になっていたのでその存在を知っており、更にダンジョンの管理ボードに『ダンジョン踏破者』という項目が出てきたことで、かつてこのダンジョンをクリアした者のひとりであることを把握していた。

「じゃあ白亜も、守護の勇者の名前は知らないの？」

「ティナと一緒にココを踏破したヒト？　ごめン、わからなイ」

白亜も勇者の名前を知らないという。

どんな本にも書かれていなかった守護の勇者の名前――それがここなら記録されているはずだと思い込み、ここまで来たのだ。でも、徒労に終わった。確かに勇者の名前は記されていた。しかし、その文字を読めなければ俺は勇者の名前を知ることができない。

「……所詮は、まがい物の直感か」

思わず言葉が漏れる。俺は最近使えるようになった自分の直感を信じて、ここにみんなを連れてきた。ここにティナの記憶の手がかりがある気がしたこと。それから、みんなを連れていった方が良い気がしていたから。ベスティエに滞在する残り時間が少なくなっていたにもかかわらず、半ば強引にこのダンジョンへやってきたのだ。

「ハルト様。大丈夫ですか？　顔色が優れないようですが……」

遅れて俺のもとにやってきたティナが心配してくれた。

「いや、大丈夫。なんでもないよ」

ティナに守護の勇者の名前のことを話すわけにはいかない。勇者の名前を思い出せないことに気付いたティナが、また倒れてしまう恐れがあるからだ。

「そうですか。もし何かあれば、遠慮なく言ってくださいね。私はハルト様の専属メイドで、妻でもあるのですから」

ティナが少し、ほんの少しだけ悲しそうな顔をしたように見えた。きっと俺が何か隠していると気付いている。でも悪いが、これは俺の中だけで留めておこう。

「ティナ、ありがとう。ほんとに大丈夫だから」

そう言ってティナの頭を撫でた。

「ハルト様。貴方はダンジョンを踏破したのでス。石碑に触れていただけますカ？」

石碑のすぐ側まで進んでいた白亜がこちらを振り返り、俺にそう促した。

「うん、分かった」

白亜の近くに寄って、石碑に手を触れる。

「────っ!?」

何かが俺の頭の中に入り込んできた。

それは俺が、この石碑に触れた記憶。

そんなことあるわけがない。だって俺は——

「あ、ハルトさんのお名前が追加されましたね」

「えっ!?」

ルナの言葉に耳を疑った。俺が触れたことで、石碑には何か文字が浮かび上がってきた。しかし当然その文字も、元から記されていた文字と同じように、俺には読むことができなかったのだから。

「もしかしてルナ、この石碑の文字を読めるの？」

「はい、読めますけど……」

少し動揺して、ルナに詰め寄ってしまった。ルナの顔が少し赤くなっている。驚かせちゃったみたいで申し訳ない。でも今はそれを気にしていられなかった。

「な、なら。ここに書かれていることを全部読んでほしい。頼む！」

「分かりました。一番上の文字は『ダンジョン制覇者』です。二番目に書かれているのが、今追加されたハルトさんのお名前『ハルト＝エルノール』です。そして、三番目が『ティナ＝ハリベル』——ティナ先生ですね」

ティナは百年前にこのダンジョンを踏破した時、この石碑に触れたのだろう。その当時はティナ＝ハリベルという名前だった。そして石碑にはもう一行、文字が記されている。恐らくそれが、ティナと一緒にダンジョンを踏破した勇者の名前——

「最後の文字は、異世界から来た勇者様のお名前みたいです」

「な、なんて書いてある!?」

「えっと、サイジョウ……ハルト？　あっ。ハルトさんと同じお名前ですね！」

06

五人の異世界転移者

LEVEL 1 NO SAIKYO KENJYA

「えっ？」

な、なんで？　なんで俺の元の世界の名前が、この石碑に？

「ハルトさん、どうかしましたか？」

ルナはまだ俺の元の名前を知らない。だから西条《さいじょう》遥《はる》人《と》という名前が、ルナの口から出てくるわけがないんだ。本当に石碑に、俺の名が記されていなければ。

「サイジョウ＝ハルト様……。そ、そう、そうです。ハルト様です！　私と一緒にこのダンジョンを踏破した勇者様も、ハルトというお名前で——あ、あれ？」

ティナの目から涙が溢れていた。

「な、なんで？　涙が、とまらない」

ティナは守護の勇者の名前に関する記憶を取り戻したみたいだ。

「ハルト様……」

ティナが石碑の側にやってきた。今、ティナが呼んだのは多分、勇者の方のハルトだ。彼女が石碑に触れた——

その瞬間、また俺の頭に何かが流れ込んできた。それは俺が石碑に触れた記憶だった。

しかしさっき見たのと少し違う。ティナが俺の横にいたのだ。

そして表面を磨かれた黒い石碑に、俺の顔が映っていた。

転生する前の、元の世界の俺が。

――＊＊＊――


気付いたら俺は、真っ白な世界にいた。

「あら、契約はここまでみたいね」

声のした方を振り向く。そこには絶世の美女が優しく微笑んでいた。

「貴女は……。記憶の女神様」

俺は彼女のことを知っている。

俺が守護の勇者としてこちらの世界に来た時、お世話になった女神様だ。

「うふふ。久しぶりね、ハルト」

「お久しぶりです。……すみません、貴女との契約を破ってしまいました」

俺は彼女と、ある契約を結んでいた。

「いいのよ。ハルトとの契約で、私のところにはたくさんの信仰心が入ってきたんだから」

俺が記憶の女神様と交わした契約は三つ。


俺がこの世界にいた記憶を失う。

この世界の全ての住人が俺の名前を忘れる。

俺に対するこの世界のヒトの『想い』は全て『信仰心』に変換され、女神様の糧となる。

――そういう契約だった。

『想い』とは、俺への感謝や愛情など。俺が百年前に救った国や街の住人たちからの感謝の気持ちの一部が信仰心となって、女神様のもとに届くのだそうだ。その契約の対価として俺が記憶の女神様からもらったものはティナを守るための魔具と、それをティナに渡すためのほんの少しの時間だった。

たったそれだけ。でも当時の俺には、その時間がどうしても必要だった。ティナが俺の名前を思い出したことで、女神様との契約は破棄された。

「私があげた魔具はもう壊れているし、ティナも記憶を取り戻しちゃったね。でも私はもう、満足しているの。たくさんの信仰心をもらえたし、貴方の記憶を楽しめたから」

女神様が微笑んでいた。

「でも、ハルトが本当に戻ってくるなんて思ってなかったよ」

「えぇ……。俺もです」

俺は断片的にこの世界にいた記憶を取り戻し始めている。女神様と契約を結んだ時のことなどは思い出した。

「それじゃ、私がもらったハルトの記憶を返すね」

「い、いいのですか？」

「もちろん！　私は十分楽しんだから」

そう言って女神様が顔を近づけてきた。

唇に柔らかい感触が伝わる。

女神様の透き通るような肌が目の前に――


――＊＊＊――


こ、ここは？

見覚えのある道を歩いていた。

――いや。俺は歩いていない。それでも身体は勝手に進んでいく。まるで自動で動く人型ロボットの操縦席に座り、そこでロボットの視界を共有しているような感覚だった。

交差点で立ち止まる。目の前を自動車が通り過ぎていった。

今いるのはティナたちがいる世界ではなく、俺が元いた世界だった。

元の世界に帰ってきたわけではない。

これは俺の記憶だ。俺の意思とは無関係に身体が進んでいく。

……そうだ。俺はこの先の公園で、異世界の神の召喚に巻き込まれる。

分かっているのに止まれない。

公園についてしまった。俺は自宅と高校の往復で、毎日この公園を通り抜ける。今は学校からの帰りだ。見覚えのある四人がこちらに向かってくる。これから異世界の神によって召喚される天斗《たかと》、大智《だいち》、由梨《ゆり》、加奈《かな》の四人だ。彼らは俺の高校の近くにある塾へと通う他校の生徒だった。そして、これから俺とおよそ一年かけて異世界の魔王を倒す仲間でもある。公園の中央で天斗《たかと》たちとすれ違う。

——その瞬間、俺たちの足元が輝いた。

来た！　異世界の神による召喚だ。

どこかに身体が引っ張られる。自分で転移するのには慣れたが、他人に強制的に移動させられるのはなんだか違和感がある。そんな中——

《た、たすけて……》

今にも消えてしまいそうな声が聞こえた。

この声が聞こえたから、俺は魔物に襲われそうだったティナを救うことができた。

神様からスキルやステータスを貰わなかったせいで、かなり苦労することになるのだが……。

でもそんなことはどうでもいい。

さぁ、記憶の中の『俺』よ！　さっさとティナを助けに行け!!

大丈夫、すぐにサリオンが助けに来てくれる。お前は時間稼ぎをするだけでいいんだ！

——＊＊＊——

天斗《たかと》たち四人に並んで、ひとりのお爺さんと対面した。白髪と白い髭を長く伸ばした優しそうなお爺さんが、この世界の主神である創造神様だ。

「よくぞ来てくれた、勇者たちよ。お前たちにはこれからこの世界を――って。な、なぜ五人おるのだ？　儂《わし》は四人しか呼んでおらぬぞ」

創造神様の視線は『俺』に向けられていた。つまり、天斗《たかと》たちの異世界転移に『俺』が巻き込まれたのだということ。でも当時の『俺』にとって、そんなことどうでも良かった。

「あのっ！　今すぐ俺を貴方の世界に送ってください!!」

そうだ。それでいい。

天斗《たかと》たちのおまけで連れてこられたことなんか、今は気にしなくていい。

「な、何を言っておるのだ？　お前は間違って連れてこられた存在なのだ。今ならまだあちらの世界と道が繋がっておるから、それでお前を送り返して――」

「俺に助けを求める声が聞こえたんです！」

「……それは、誠か？」

「はい！　俺は確かに聞きました。今にも消え入りそうな声を……。と、とにかく俺は、助けに行かなくちゃいけない気がするんです!!」

「し、しかし勇者としての力を与えるには少々時間がかかる。それにこの世界についての説明も……。そもそもお前に力を与える余裕など、ほとんどないのだ」

創造神様は少し焦っているみたいだった。当時は気付かなかったが、創造神様にも無理なお願いをしていたのかもしれない。ちなみに天斗《たかと》たちは意味が分からないといった様子で、俺と創造神様のやり取りを横で眺めていた。彼らは異世界転移もののラノベやネット小説を読んでいなかったみたいだ。

一方で俺はしっかり予習していたから、いきなり見知らぬ空間に連れてこられて、いかにも神様って感じのお爺さんに『勇者よ』って呼ばれた時点で、すぐにこれが異世界転移だって理解できた。

「チートスキルとか要らないですから、早く!!」

異世界転移転生には憧れがあった。ほんとのことを言うとチートスキルはめっちゃ欲しかった。だけど今は、とにかく急がなくてはいけない気がしていたんだ。

「分かった分かった。儂の世界から助けを求める声が聞こえたということは、お前にも勇者としての素質があるということだろう」

そう言いながら創造神様が『俺』の頭に軽く手をあてた。

「だが助けに行ったとしても、元のお前の肉体強度では魔物に襲われてすぐに死ぬだろう。最低限のステータスだけは付与してやる」

「あ、ありがとうございます」

「うむ。それからコレだ。ここに手を入れろ」

創造神様が手を翳した先に白い光の玉が浮かび上がる。何が起こるのか分からないが、説明を聞いている時間も惜しいので素直に従った。

「どんな勇者になりたいかを強く願いながら、手を引き抜け」

きっとコレがチートスキル付与の儀式的なものだったのだろう。時間があれば少しは悩んだと思うけど、俺は即座に手を引き抜いていた。俺が願ったのは――

『俺に助けを求める人を救いたい』

すぐ頭に浮かんだのがこれだった。

「そ、即決だな。本来ならば勇者には三つのスキルを与えるのだが」

「俺はこれだけあれば十分です！」

「そうか。では望み通り、お前を呼ぶ者の場所へ送ろう。それからコレはサービスだ。持って行きなさい」

そう言って創造神様が真っ黒な鞘に収められた刀をくれた。

「あ、ありがとうございます」

「うむ」

刀を受け取ると、創造神様がこちらに手を翳す。『俺』の身体が光に包まれていった。

「この世界でお前たちにやってほしいことなどは残りの者に伝えておく。後ほど合流して聞きなさい。それでは、我が世界を頼んだぞ。守・護・の勇者よ」

「はい！」

こうして『俺』は勇者という戦闘職とレベル30のステータス、それからひとつのスキルをもらって異世界に転移したんだ。

さぁ、頑張れ『俺』！　みっともなくてもなんでもいい。

とにかくティナを救うんだ!!

――＊＊＊――


創造神様の転移は、真っ暗なトンネルの中を超高速で駆け抜けていくような感覚だった。

数秒後、急に周りが明るくなった。

目の前に狼のような魔物がいる。ウォーウルフという魔物だ。そいつは地面に倒れた男の内臓を食い漁っていた。その狼が間違いなく人間の敵であると認識する。『俺』は創造神様が渡してくれた刀を鞘から引き抜き、目の前の狼の首に全力で振り下ろした。

鈍い音を立てて狼の首が地面に落ちる。

『俺』が鞘から抜いた刀は刀身が真っ黒で、とてつもない切れ味だった。神様に感謝すると同時に、生まれて初めて動物を殺してしまったことに動揺した。しかし女の子が助けを求める声が頭に響いて、すぐに身体を動かした。

ウォーウルフはレベル60ほどの魔物だ。不意打ちとはいえ、そいつを一体倒したおかげで『俺』のレベルは35に上がっていた。この世界ではレベルが上がると多少の怪我は回復し、更に異常状態も治るらしい。その効果で動揺や恐怖が軽減され、『俺』は動くことができた。

少し離れたところに馬車があって、その荷台を守るように数人の傭兵がウォーウルフたちと戦っていた。

「金貨百枚で買ったハーフエルフなのだぞ！　絶対に守り抜け!!」

商人のような格好の太った男が、周りの傭兵たちを囃《はや》し立てる。しかし、彼らを囲む魔物の方が圧倒的に強かった。

「ぎゃぁぁあ！」

「こ、こいつら速すぎる」

「うでぇ、俺の腕がぁ」

狼の魔物は全部で七体いた。『俺』が倒した一体と、傭兵たちが二体倒したようだが、それでもまだ四体の狼が残っていた。

「おい！　ビビんじゃねぇ。こんな奴ら——っぐふ!?」

狼の攻撃を剣で防いだ傭兵の首に、別の狼が噛みつき地面に引き倒した。頚動脈を引き裂かれ、その傭兵はすぐに動かなくなった。彼がリーダーだったのだろう。残りの傭兵たちは統率が取れなくなり、どんどん人数を減らしていく。そして残るは、商人だけになった。

「や、やめろぉ。くるなぁぁぁあ!!」

そんな叫びが魔物に届くはずはなく、彼は三体の狼に襲われた。実はこの時、『俺』は気配を消して近づき、他の三体とは離れた所にいた狼を静かに倒していた。神様がくれた黒刀のおかげで、音を立てずに魔物の首を刎ねることができた。残る三体の狼は商人の身体を貪り喰っている。その隙に『俺』は馬車の荷台に乗り込んだ。

荷台の中には、涙を流しながら震える幼いティナがいた。

「お待たせ。助けに来たよ」

ティナの頭を優しく撫で、その手を拘束する鎖に刀を突き立てた。さすがは神様がくれた刀だ。苦もなく鉄の鎖を斬ることができた。

「あ、あなたは、だれ？」

「俺は遥人《はると》。君が俺を呼んだんだ。さぁ、逃げよう！」

ティナの手を引き、荷台の出口へ。そこから外を見ると、三体の狼はまだ商人の身体に群がっていた。まず『俺』が荷台から下に降り、次いでティナを静かに降ろして逃げようとした。

しかし嗅覚と聴覚に優れた狼の魔物が、見逃してくれるわけがなかった。

馬車の荷台を背にして、ティナと『俺』は狼たちに取り囲まれる。ティナを自分の後ろに隠し、刀でヤツらを牽制する。

ティナが震えている。

この子を絶対に護らなくちゃいけない。そう強く思った瞬間、力が溢れてきた。創造神様のところで得た、たったひとつのスキル『守護者』が発動していた。このスキルは護るべきものが背後にいる時、全てのステータスが倍増するというもの。

二体のウォーウルフを倒してレベル38になっていた『俺』は、守護者《スキル》の発動でレベル76相当のステータスになっていた。そんなことを知るはずがない狼の一体が飛びかかってくる。ステータスが上昇しているおかげで、狼の攻撃が遅く感じる。そいつの爪を刀で受け流し、『俺』の横を通り抜ける胴体に刀を滑らせる。内臓をぶちまけながら地面に落ちたそいつは、もう起き上がらなかった。あと、二体——

残る魔物は二体だと思った。これが油断を招いた。

実は群れのボスが姿を隠していたんだ。『俺』は二体のウォーウルフを倒したものの、隠れていたボスが吐いた火球をくらって、右腕を負傷し刀を落とした。高レベルのウォーウルフには魔法を使える個体もいる。そんなことを転移してきたばかりの『俺』が知るわけがなかった。そもそもボスは仲間を犠牲にして、『俺』が確実に避けられないタイミングで火球を撃ってきたから、魔法を放てる魔物がいるって知っていたところでどうしようもなかった。

敵はボス一体だけになったが、『俺』は刀を振るえる状態ではない。動かない右腕を左手でおさえる『俺』の前まで、ウォーウルフのボスがゆっくり歩いてくる。仲間はいなくなったが、手負いの獲物などなんとでもできる——まるでそう言わんばかりに悠々と。

他の狼と比べると圧倒的に身体がでかい。そいつが大きく口を開け、『俺』に噛みついた。

グギャ!?

ボスが目を見開く。

その首の後ろから刀が突き出ていた。『俺』が左手から刀を出して、ボスの首に突き刺したんだ。神様から貰ったこの黒刀は勇者専用で、勇者であれば身体のどこからでも出し入れできるらしい。黒刀を手にした瞬間から、『俺』はそのことを把握できていた。

ウォーウルフのボスは姿を隠して配下だけに攻撃させていたことから、コイツにはかなりの知能があると気付いていた。だから刀を落として、もう戦えないと思い込ませればこいつは油断する——そう判断した『俺』は、捨て身の作戦を決行したのだ。

なんとか全ての魔物を倒した。しかし『俺』も相当の深手を負っている。右手は大火傷で全く動かず、ボスに噛まれた部分からは血が止まらない。

ティナが泣いている。泣きながら必死にヒール《回復魔法》を唱えてくれるが、彼女の首には魔封じの首輪が付けられており、それは発動しなかった。

「な、なんで？　なんで魔法が……」

彼女の目から溢れる涙が止まらない。

ティナ、泣かないで。もう大丈夫だから。

……ほら。アイツが来てくれた。

『俺』は掠れゆく視界の端で、サリオンがこちらに走ってくる姿を捉えていた。

——＊＊＊——

気付くと柔らかいベッドの上だった。右手に違和感があり、見ると黒髪の少女が『俺』の右手を握ったまま眠っていた。ずっと泣いていたようで、頬に涙の跡が残っている。

右手はウォーウルフのボスの攻撃を受けて動かすこともできなくなっていたはずだが、今は火傷の痕も分からないほど完璧に回復されていた。『俺』が意識を失った後、サリオンが回復魔法をかけてくれたようだ。サリオンはティナの家に仕えていた執事で、アルヘイムにおいては国王に次ぐ実力者だ。

なんにせよ、ティナを護ることができて本当によかった。

俺は今、遥人の記憶をまるで映画の観客のように見ているわけだけど、すごくハラハラした。レベルがおよそ倍の魔物数体を相手に、よく頑張ったと思う。

それにしても……。幼いティナも可愛いなぁ。

『俺』はしばらくティナの寝顔を眺めていたのだが、少し身体を動かしてしまった時、ティナが起きた。

「おはよう」

「お、おはようございます」

「君が俺を助けてくれたんだよね？」

「違います。サリオンです。私は、何も……」

必死にヒールを使おうとしてくれたティナだったが、魔封じの首輪のせいで『俺』を回復させることができなかった。

「それでも君が一生懸命俺に声をかけてくれたのが聞こえていたよ。ありがとう」

「お礼を言うのは私の方です。私を助けてくださり、ほんとにありがとうございました」

頭を下げるティナ。『俺』はその頭を優しく撫でた。

「君を助けることができてよかった。よければ名前を教えてくれない？」

「は、はい！　私はティナです。ティナ＝ハリベルと言います」

「ティナか。俺は遥人《はると》、西条遥人《さいじょうはると》だよ」

「はると、様……」

「ティナは怪我とかしてない？」

「はい。大丈夫です」

彼女がどこも怪我していないみたいで良かった。つけられていた首輪も、彼女を拘束していた手錠も外されている。馬車から逃げ出す時は急いでいたので、馬車とティナの手錠を繋ぐ鎖を斬ることしかできなかった。

その後『俺』は、異世界から来たことをティナに話した。彼女は驚いていたが、『俺』のことを信じてくれたようだ。そしてティナは『俺』に、この世界のことを色々説明してくれた。

この時、魔王が復活して間もない頃だったが、魔物の活動は活発になってきていた。普段はそのエリアにいるはずのない高レベルの魔物に、ティナを買った商人たちは襲われていたようだ。そして魔物の脅威は急激に増している。そう話したティナが不安そうな顔をした。

「どうしたの？」

「わ、私は……『勇者の血を引く者』なんです。私には勇者の力があります。だから私が、魔王と戦わなくちゃいけないんです」

ティナは震えていた。ひとりで戦わなくてはいけないと考えているんだろうか？

こんな小さな女の子が、加護があるからという理由だけで？

そんなのは間違ってる。

「大丈夫、ティナ。何とかなるよ」

「……え」

「ティナの代わりに俺が戦うから。だって俺は――」

ティナに出し方を教えてもらって確認したステータスボード。

そこには賢者ではない、『俺』の戦闘職が表示されていた。

「俺は、勇者だから」

――＊＊＊――

それから三ヶ月、『俺』はサリオンに戦闘技術を叩き込まれていた。刀の振り方、身体の使い方、そして魔法も。サリオンは強かった。ティナに後ろに立ってもらい、守護者《スキル》を発動させて戦っても全く歯が立たなかった。彼なら魔王を倒せるんじゃないかと思うけど……。どうやら無理なようだ。魔王は邪神の加護で護られていて、その加護を打ち破る必要があるからだ。

それができるのが、創造神様から勇者の力を与えられた『俺』だという。ティナにも同等の力があるらしい。本来の勇者は、こちらの世界に来た瞬間から魔人を圧倒できるほどの力を持っているらしい。しかし『俺』は神様のところで時間を取らなかったため、レベルはまだ40ほどだった。さらに通常、勇者は異世界転移特典《チートスキル》を三個もらえるというが、『俺』がもらったのは『守護者』ひとつだけ。数万体いると言われている魔王配下の魔物や、魔王そのものと戦うには心細いものだった。

　だから初撃だけ『俺』が魔王を攻撃して邪神の加護を失わせ、倒すのはサリオンに任せてしまうことも検討した。これは彼の方から提案してきた。

　ティナが暮らすこの世界を救うことができるのなら、カッコ悪くてもなんでもいいと考えた『俺』は、彼の提案にのるつもりでいた。しかしそれを実行するにしても、まずは魔王のもとまで行かなくてはいけない。『俺』をずっと守りながら戦うのは、いくらサリオンであっても難しい。だから彼の指導の下、最低限の力を身に付けることにしたんだ。

　ちなみにティナもサリオンの訓練を受けている。彼女が一緒に訓練を受けたいと言ってきたのだ。ティナは貴族令嬢で、剣など持ったこともなかった。しかし魔王が復活して魔物の活動が活発になっている今、少しでも戦える力を身につけておくべきだとサリオンが判断し、彼女も訓練に参加することになった。

　ティナには才能があった。驚くべき速度で剣技を修得し、魔法も使いこなしていった。

　一方、『俺』は――

「甘い甘い甘い！　何度言ったら分かるのですか!?　目で見るだけで、相手の次の動きが分かるわけないでしょう!!」

「ぐっ」

　来る日も来る日もサリオンに、容赦なくフルボッコにされていた。

「魔力の流れを感じるのです。強い魔物は攻撃に移る際、魔力で肉体を強化します。つまり魔力の流れを捉えれば、敵の動きが分かるのです」

何度も説明された。でも元の世界に魔力なんてものはなかったし、高速での戦闘中に視覚以外に頼るなんてことは非常に困難だった。

「今日はここまでとします。明日も朝からやりますよ」

「あ、ありがとうございました」

早朝から始まり、昼過ぎまで続いたサリオンによる剣術指南がようやく終わった。サリオンが去った後、疲れ果てて地面に横たわる『俺』のもとにティナがやって来た。

「遥人様。大丈夫ですか？」

ティナが『俺』のことを心配してくれる。彼女は既に、サリオンの攻撃をほぼ受け流せるようになっているというのに……。自分が情けなく思える。

「大丈夫じゃないけど……ありがと」

訓練を終えてサリオンがその場を去ると、ティナが『俺』を介抱してくれるのが習慣になっていた。汗をかき、何度も倒されて砂まみれになった『俺』に対して、ティナは自分の服が汚れることなど気にせず優しく膝枕をしてくれる。動けなくなるまでサリオンに訓練させられた『俺』が抵抗できるわけもなく、彼女のなすがままだった。

もちろん悪い気なんてしない。

エルフ族は空間の魔力をその身に取り込める。そんなエルフ族の血が入っているハーフエルフのティナとこうして肌を接していると、『俺』の魔力回復も早い気がする。この頃の『俺』にはティナが天使に見えていた。今でも天使のような美しさだけどな。

かなり後で知ったのだが、サリオンはわざと『俺』が動けなくなるまで訓練を続行していたみたい。『俺』の成長に合わせて、どんどんハードな訓練に切り替えていったんだ。それは単に『俺』を強くするためだけではなかった。疲労困憊で倒れ込み、一切の抵抗ができなくなった『俺』を、ティナが好きにできるようにするという目的があったらしい。

——＊＊＊——


こちらの世界に転移して来て一年が経った。いまだにサリオンの厳しい訓練は続いていたが、『俺』は彼の攻撃をだいぶ避けられるようになっていた。戦闘中に相手の魔力の流れを見て次の行動を予測するという技術を、少しずつ会得してきたんだ。そして今日、ついに。

「これで、どうだ!!」

「——っ!?」

サリオンの攻撃を紙一重で躱し、彼の足を払って地面に倒した。その首に剣を突きつける。

「お、お見事です。参りました」

『俺』を見上げるサリオンが、満足したように降参してくれた。彼から初めてこの言葉を引き出せたことに嬉しくなる。

「ティナ！　俺、やったよ。初めてサリオンに!!　——って、あれ？」

きっと『俺』のことを褒めてくれるだろうと思って後ろを振り返ったが、そこにティナはいなかった。思い出してみれば、今日は朝からティナの姿を見ていない。

「今日はあの日から、ちょうど一年ですから……」

砂を払いながら立ち上がるサリオンが、暗い表情でティナの行き先を教えてくれた。

「ティナ様はきっと、ご両親のお墓にいらっしゃいます」


サリオンに教えられた場所に行くと、白く小さな石碑の前にティナがいた。

彼女の頬に、涙の痕が見える。

「……ティナ」

「えっ。あ、遥人様」

ティナが慌てて目の辺りを拭う素振りをしていた。彼女の目が赤く充血していたから、朝からずっと、ここで泣いていたのかもしれない。

「今日、ご両親の命日なんだってね。俺も少しお祈りしていい？」

「はい。きっとお父様たちも喜んでくださると思います」

彼女はそう言って笑顔見せようとする。それは普段『俺』に見せてくれる太陽のように眩しい笑顔ではなかった。悲しみに潰されそうになっているのを無理やり押し殺して、強い自分を演じるような無理やりの笑顔。

ティナの辛そうな姿を見ていられなくなり、視線を外してしまった。それを誤魔化すように彼女の両親のお墓に向き合って手を合わせる。

「間に合わなくて、ごめんなさい」

口から自然と謝罪の言葉が出ていた。

「なんで……」

ティナが『俺』の言葉に反応した。彼女は笑顔でいようとしながらも、その目からはとめどなく涙があふれていた。

「なんで遥人様が謝るんですか？ 遥人様は、悪くないじゃないですか」

「お、俺がもし、もっと早く来ていれば──」

「無理です」

「えっ」

「それは無理だと。できなかったと言ったんです!!」

ティナの表情が一変した。強い怒りの意思が『俺』に向けられている。

今まで見たことのない彼女の怒りの形相に思わずたじろいだ。

「私がどれだけお父様を助けてって叫んでも。お母様を殺さないでってお願いしても。誰も助けてくれませんでした！ 誰も止めてくれませんでした!!」

両手で『俺』の服を掴み上げながらティナが睨んでくる。

「声が枯れるくらい助けてって叫び続けました。それでも遥人様は、私のお父様たちを助けに来てくれなかったじゃないですか!!」

きっと彼女は今まで、両親を失った悲しみや怒りを押し殺してきたんだ。どうしようもなかったということをティナはは分かっていた。仕方なかったと理解していたはずだ。それなのに『俺』が余計なことを言ってしまったせいで、我慢できなくなってしまったのかもしれない。

「…………」

何も言い訳ができない。どうしようもできなかったとは言え、『俺』がティナの声に応えられず、間に合わなかったのは事実だ。そんな『俺』に、ティナの言葉が突き刺さる。

「なんでですか……。なんで私だけ助けたんですか？　どうして私の両親が死ななきゃならなかったんですか？　勇者の血縁に生まれたってだけで、私たちはなんにも悪いことしてないじゃないですか。それなのに――」

涙を流しながら訴えてくるティナに、声をかけられない。

さらに彼女の苦悩は、両親を失ったことだけではなかった。

「なんで私、家族を殺したこんな世界のために魔王を倒さなきゃって思っているんですか」

おそらくそれは、彼女が持つ加護が関係しているのではないだろうか。勇者は神から、世界を救うよう依頼される。その依頼に同意した瞬間から、勇者は勇者としての生き方を強制されるらしい。勇者にまつわる加護を持ったティナも、そうである可能性が高い。

両親を失った絶望や悲しみや怒りと、世界を救わなければならないという強い義務感に挟まれて、ティナの心は不安定になっていたんだ。そんな状態で、彼女はずっと耐えていた。

「……ごめん」

彼女の目を見ながら、心から謝った。今はこうすることしかできない。

「だ、だから、なんで謝るんですか。わ、私も。私だって——」

ティナは堰を切ったように声を上げて泣き始めた。

「遥人様が悪くないなんてことは分かっています。分かっているつもりでした」

頭を『俺』の胸に預けながら、ティナが言葉を続ける。

「『もし』なんて、言わないでください。貴方は勇者なんですから。様々なことを成し遂げる可能性を秘めた存在なんです。そんな遥人様が『もっと早く来ていれば』なんて言ったら、私は……私は貴方を、責めたくなっちゃうじゃないですかぁ」

「うん……。ごめんね」

「っ!? だからぁ、なんで受け入れちゃうんですか。なんで謝るんですか。私が貴方を責めるのなんて、どう考えたって間違ってるじゃないですか……。私、自分が何を言ってるのか分からないんです。遥人様が悪くないことなんて、ほんとは分かっているんです。私が間違ってるのに、なんで遥人様は——」

「それは俺が、勇者だからかな」

傷付いた人に寄り添って、その痛みを軽くしてあげるのも勇者の役目。『俺』を責めることで心に負った傷が軽減されるのであれば、『俺』はそれを受け入れよう。勇者になった『俺』は、この世界の誰より心が強い者になっているはずだから。

「わ、私だって、勇者の加護を持つ者なのに……」

「それじゃティナは、俺が傷付いた時に助けてよ。その代わりティナが心に傷を負った時は、俺がそれを何とかするから」

どうすればいいのか、なんとなく分かっていた。そうすべきだと思った行動をとる。

『俺』はティナの両親の墓の前に膝をつき、右の拳を左手で包むようにして胸の前で構えた。この世界で『誓い』を行う時の姿勢だ。

「間に合わなくてごめんなさい。俺は貴方たちを助けてほしいという、ティナの声に応えられませんでした。でも俺は――」

今後何があってもティナを守り抜く――彼女の両親の墓前でそう宣言しようとした時、『俺』の頭の中に声が響いた。

《あなたはちゃんと、ティナを守ってくれたじゃないですか》

ティナの声によく似ていた。でも彼女のものではない。

そしてそれは、『俺』がこちらの世界に転移させられる時に聞いた声だった。

「えっ」

驚いて顔を上げる。目の前に、ティナを大人にした感じの綺麗な女性が立っていた。慌てて振り返ると、ティナはまるで時が止まったかのように『俺』を見ながら固まっていた。ティナだけじゃなく、『俺』とティナに似た女性以外の時が止まっているみたいだ。

《この子を助けてくれてありがとう》

「あ、貴女は……もしかしてティナの」

《えぇ。ティナの母、メルロス＝ハリベルと申します》

「い、いや。しかし、亡くなられたはずでは」
そこまで言って『俺』は、メルロスと名乗った美女の身体が透けていることに気が付いた。
《お気づきになられたようですね。私は既に死んでいて、記憶と意思だけの存在です。それも間もなく消えるでしょう。今は貴方の意識に少しだけお邪魔させていただいているのです》
「そう、なんですね。……あの。俺がこちらの世界へ来た時に聞いた、助けを求める声って」
《私の声です》
あぁ。やっぱり、そうだったんだ。
《勇者の血縁で加護を持っていたとしても、異世界から来る途中の勇者様に言葉を届けるのは容易なことではありません。少なくとも当時なんの力もなかったあの子の声が、貴方に届くことはなかったはずです》
『俺』はティナの助けを求める声が聞こえたから、創造神様のところであまり時間を取らずにこの世界にやって来た。そう思っていたのだが、『俺』が聞いたのはティナの声ではなく、彼女の母親の声だったようだ。頭に響く声なので、生で聞くのとは少し声色が変わっていたのかと思っていた。しかしこうして直接会話すると、あの時の声は確かにメルロスのものだった。
《私はティナと違い、勇者の加護は持っていませんでした。それでも勇者の血縁ではあるのです。最期の時、襲撃者に止めを刺されるより一瞬早く自ら命を絶ち、残った全魔力と生命エネルギーを代償とすることで、勇者である貴方への連絡経路の形成に成功しました》
ティナの祖先の勇者と『俺』は全く関係がないが、この世界における勇者という存在は特別なもので、何らかの繫がりがあったのだろう。実際『俺』は、彼女の声を受け取っている。
《私の声を聞いてくれてありがとう。ティナを助けてくれて、本当にありがとう》
「ですが……。できれば俺は、貴女たちも救いたかった」
《ティナに責められたこと、あまり気にしないでください。あの子の声は貴方に届いていないのですから。勇者といえ、どうしようもできないこともあるのです》
メルロスが優しく微笑んでくれる。彼女は自分が助けてもらえなかったことより、娘であるティナが無事であることの嬉しさの方が大きいようだ。だから『俺』が言うべきことは——
「俺はまだまだ弱いですが、これからもっと強くなります」
『俺』は勇者だから、諦めさえしなければそれができるはず。
「どんな魔物よりも強くなって、これからは俺がティナを守ります。魔王を倒して、彼女が生きていくこの世界を平和にしてみせます」
《うふふ。貴方に声が届いて、本当に良かった》
満足そうな笑みを浮かべるメルロスの身体が崩れ始めた。
《そろそろ時間みたい。ティナのこと、よろしくお願いします》
「はい!!」
メルロスの意思が『俺』の中から消えたことで、時間が動き出した。
「俺は——俺はこれから、もっと強くなります」

立ち上がって、ティナの肩に手を回す。

「は、遥人様？」

顔を赤らめるティナをチラッと見つつ、彼女の両親の墓標に向かい再度宣言する。

「俺がティナを守ります。魔王を倒して、彼女が生きるこの世界を平和にします」

《うん。よろしくね》

姿は見えないが、メルロスの声が響く。

それとほぼ同時に『俺』とティナの周りを優しい風が通り抜けていった。

「こ、これって――」

ティナにはメルロスの声は聞こえていないみたいだが、その風を生んだ魔力が母のものであることには気づいたようだ。

《ティナのこと、幸せにしてあげて》

この言葉を最後に、メルロスの声は聞こえなくなった。

「遥人様。い、今、お母様の魔力が……」

「ティナのことをよろしく――って、言われたみたい」

勢いよくティナが抱き着いてきた。

その後、母を懐かしんで泣くティナの頭を、しばらく撫でてあげた。

少しして、ティナが『俺』から離れていった。

「私はこれから、勇者の加護を持つ者として、ハルト様と一緒に戦います」

そう宣言した彼女の目には、強い意志が込められていた。

「でも、俺は……」

できればティナに戦ってほしくなかった。ティナの両親に、彼女を守ると誓ったのだから。

ティナにはサリオンと一緒にアルヘイムで『俺』が魔王を倒してくるのを待っていてほしかったんだ。『俺』が知る限り最強である彼のそばにいるのが一番安全だから。サリオンとの戦闘訓練で自身の勇者としての成長速度を把握した『俺』は、これからもっと頑張れば、ひとりでも魔王を討伐できるのではないかと考えていた。もちろん厳しい戦いになるだろう。それでもティナが傷付くよりはずっといい。

「俺は、ティナにはアルヘイムで──」

「私もハルト様と戦います。今日はその決意を両親に伝えに来たのですから」

『俺』の言葉を遮ったティナの声に迷いはなかった。決意を持った目でまっすぐ『俺』を見てくる。まだ一年程度の付き合いだが、彼女がなかなか自分の意志を曲げようとしないことは分かっていた。そんな彼女が、過去一番の強い意志を持って宣言を繰り返した。こうなってしまうと、彼女は絶対に意志を曲げてくれない。仮に『俺』がティナに黙って魔王討伐に向かったとしても、彼女はきっと『俺』の後を追ってくる。

「……分かった。一緒に魔王を倒そう、ティナ」

「は、はいっ!!」

魔王を倒さない限り、彼女は勇者の加護を持つ者としての責務から解放されないだろう。

だからなるべく早く、かつなるべく安全な方法で魔王を倒す。

この日から『俺』とティナは、本格的に勇者としての活動を開始した。


――＊＊＊――


ティナと魔王討伐を目指すことが決まった一か月後。

「サリオン。ここまででいいよ」

「荷物を運んでくれて、ありがと」

「いえ……。この程度のことでしかお力になれず、申し訳ありません」

『俺』とティナはサリオンに見送られ、旅立つところだった。行き先は、獣人の王国ベスティエだ。そこにあるダンジョンの踏破が目的だった。古い遺跡の地下が迷宮のようになっているそのダンジョンは、勇者を育成するために神様が造ったものだという。

ちなみにサリオンは一緒に来てくれない。世界中が魔物の被害に怯える状況下で、サリオンほどの戦力を国が遊ばせておくはずがなく、彼はアルヘイム王都の守護を命じられていた。

さらにエルフの王国《アルヘイム》では『俺』もティナも正式な勇者として認められず、魔王討伐に向かうための援助を全く受けられなかった。魔法使いや回復術士のようなサポートメンバーが付くこともなく、『俺』たちは二人だけで勇者としての活動をしていくことになった。

もともとアルヘイムは魔王復活の情報を得たとき、エルフ至上主義の集団によって人族に売られたティナを取り戻すために動いた。勇者となりうる素質を持った彼女を、国内に確保しておきたかったからだ。それなのに今は、完全に放置されている。

こうなったのは全部『俺』のせいだった。

一週間ほど前、『俺』とティナはサリオンに連れられて、アルヘイムの王様と大臣たちに『魔王討伐の旅に出るから支援をしてほしい』とお願いしに行った。ティナの家は貴族だったが、彼女の両親が死んだことでその財産は全て国に没収されていた。もちろん住む家もないので、この一年間はサリオンの家で寝泊まりさせてもらっていたんだ。だから『俺』たちには、旅に出るためのお金が全くなかった。

『俺』が異世界から来た勇者であることを明かした時、大臣のひとりにレベルを問われた。この時、素直にレベルを答えたのが間違いだったのかもしれない。当時の『俺』はレベル68で、一般人としては強者と言えるが、魔王と戦わなくてはいけない勇者としては頼りないもの。

レベルを答えた後、大臣たちの『なんで神は、こんな弱そうな勇者を？』と言うような冷たい視線にいたたまれなくなって、『俺』と同じよう四人の男女がこちらの世界に連れてこられたことを話してしまった。中途半端な力しかない『俺』が、ほかにも勇者が来ると言ってしまったせいで、アルヘイムの大臣たちはサリオンにいくら訴えかけられても、全く支援をしてくれなかった。

エルフ族は世界樹を守り、世界樹がもたらす恩恵を受けて生きている種族だ。世界にいくら魔物があふれようと、世界樹の枝の下には魔物はやってこない。だから国外の情勢がどうなろうとも関係ない――そんな意識を大半のエルフたちが持っていた。ただ、彼らも魔王の存在に対しては危機感があり、いざという時のためにティナを確保しておきたいという考えだった。

しかし勇者が来ると分かれば、彼女は不要になる。過去千年の例を見ても、異世界から勇者がやって来さえすれば、魔王は容易く倒されるのだから。

「私にもう少し力があれば……」

「気にしないで。力がないのは『俺』の方だから。それにサリオンは、『俺』たちに資金を援助してくれたじゃん。感謝はしていても、文句を言うようなことは何もないよ」

彼はアルヘイム王都の守備を大臣たちから要請された時、前金で報酬を受け取って、その全額を『俺』たちにくれたんだ。さすがに全額は断ろうとしたのだが――

「私にはお金など必要ないので」

彼はそう言って、一般の兵士が一年間働かずに生活できるくらいのお金をくれた。この世界では統一通貨『スピナ』が使われていて、サリオンから貰ったお金で問題なく旅ができる。

「色々ありがとう、サリオン」

ティナがサリオンに抱き着き、別れの挨拶をする。

「ティナ様、どうかお気をつけて。遥人様、ティナ様のことをよろしくお願いいたします」

「はい。何があっても、ティナは俺が守ります」

「ふふっ。とても頼もしい勇者様ですね。私はココで、おふたりがさらに成長してお帰りになられるのをお持ちしています」

「はい！　それでは、行ってきます」

「いってきまーす!!」

「遥人様、ティナ様。いってらっしゃいませ」

サリオンに見送られ、『俺』とティナはアルヘイムを後にした。


――＊＊＊――


アルヘイムを出た日の夕刻、『俺』たちは人族の村についていた。アルヘイムと人族の国を行き来して商売をする行商人の馬車に乗せてもらえたおかげで、野宿せずにすんだ。

しかしここで、いきなり問題が発生する。宿屋の宿泊料金が想定していた以上に高額だったんだ。魔物の活動が活発になってきたことで人々が外出を控えるようになったから、どこの宿屋も値上げしているらしい。宿泊料金と同じように、食料の値段もかなり上がっている。これだけ物価が高騰していると、ベスティエとアルヘイムの往復の途中で必ず資金が底をつく。そう考えた『俺』は、ティナだけを宿に泊まらせ、自分は村の外で野宿でもしようと思ったのだが……。ティナが同じ部屋でいいと言ってくれたので、その言葉に甘えることにした。

そうして初めてティナと同じ部屋で寝ることになった夜。

「遥人様がベッドで寝てください。私はこの椅子で座って寝られますから」

「いや。もとはティナだけ宿に泊まってもらう予定だったから、ティナがベッドを使って」

「で、ですが」

「いいのいいの。俺は床で寝るよ。ほら、明日はいっぱい歩かなきゃいけないから」

「……分かりました。では、一緒に寝ましょう」

「えっ。いや、それは――」

「私と一緒じゃ……嫌、ですか？」

ズルかった。目に薄く涙を溜めながらそんなこと言われたら、『俺』が断れるわけがない。

「分かった。それじゃあ俺も、ベッドを使わせてもらうね」

壁際に置かれたベッドの、なるべく壁寄りに寝転がった。手前側でティナが寝れば、もし『俺』が何かしようとしても、彼女はいつでも逃げ出せる。もちろん『俺』にティナを襲うつもりなんてない。ティナは可愛いし、健気でいい子だ。それに、ふんわりと良い香りがする。好きか嫌いかでいえば、大好きだ。だからこそ、彼女に嫌われたくない。

「し、失礼します」

ティナがベッドに入ってきた。『俺』の心臓の鼓動が、かなり速くなっているのが分かる。

彼女のような美少女と同じベッドで寝るのは初めてだ。ドキドキが止まらない。

それから少しして。

「――っ!?」

『俺』の背中に、ティナがくっついてきた。

「ティナ、あのっ――」

後ろを向くと、ティナは既に小さく寝息を立てていた。彼女は今日、初めてアルヘイムから外に出て、遠くまでやって来た。緊張したり、慣れない馬車に長時間揺られたりで、疲れていたんだろう。すやすやと眠っているティナがとても可愛い。

あまりに綺麗な寝顔をしているので、思わず抱きしめてしまいそうになるが――

何とか思い留まった。ギリギリだった。しかし、油断はできない。

結局その日『俺』は、一睡もできなかった。

――＊＊＊――

ティナと旅に出て一か月が過ぎた。魔物の活動は目に見えて活発になってきている。それなのに『俺』以外の勇者たちは、まだこちらの世界に転移してきていないらしい。

魔王は既に復活していて、魔物による被害も増え始めた。数十体の魔物が大挙して押し寄せ、村や街を襲うスタンピードという現象も数件確認されているが、本格的なスタンピードとは、百を超える魔物による大侵攻だ。まだそこまでのスタンピードは発生していないようで、村などが壊滅したという話は聞いていない。そうした中で――

「色々ありましたが、何とか無事に辿り着きましたね」

獣人《ベスティエ》の王国の王都が見えてきた時、ティナがほっと胸をなでおろしながら呟いた。

幾度となく魔物との戦闘をしながらも、『俺』たちは大きな怪我をすることなく、ベスティエまでやってくることができたんだ。

「苦労かけてほんとにゴメン。大臣たちとの面会の時、俺があんなこと言わなければ……」

「遥人様が謝る必要なんてないですよ。大臣たちに聞かれて、レベルを答えただけなんですから。遥人様は悪くありません！」

かなり節約する必要があり、いろいろと大変だったがティナは『俺』を怒っていなかった。

「私は、その……。遥人様とふたりきりで旅ができて、とても楽しかったです！」

眩しい笑顔を見せながら、ティナがそう言い切ってくれた。おかげでだいぶ『俺』の中の罪悪感が軽減される。ふたりで魔物と戦いながらここまで来るのは大変だったが、ティナとふたりだったから『俺』も頑張ることができた。

「ティナ、ありがと。俺もだよ」

感謝と労いの意を込めて、ティナの頭を撫でてあげる。こうすると彼女はいつも、気持ちよさそうに目を細めて喜んでくれる。そのほんわかした顔に、『俺』はいつも癒されていた。

「それじゃ、そろそろ行こうか。今日は久しぶりにベッドで寝られるよ」

ベスティエ付近には人族の村などがなく、ここ数日は野宿をしていた。ようやく目的地に着き、今日はゆっくり寝られると思うと嬉しくなる。

「あ、あの。お金もありませんし、私はひとりで寝るのは……」

「ティナがいいなら、ベスティエ滞在中も一緒に寝ようか」

「は、はい！」

最初はドキドキしすぎて寝られなかった『俺』だが、ここ最近は普通にティナと寝られるようになった。むしろティナがそばにいないと、なんかソワソワする。慣れって怖い。

今日も彼女を一緒に寝られることに心躍らせながら、『俺』はティナと一緒に遺跡のダンジョンへと向かった。


ダンジョンに入ることが目的だったのだが、『俺』たちは闘技場に来ていた。

遺跡のダンジョンはベスティエが管理しており、獣人王が認めた者でなければ入ることができないらしい。『俺』たちはダンジョンの入口にいた獣人の兵士に連れられて、この闘技場までやって来た。そこで少し待っていると、ひと際身体の大きなトラの獣人が近づいてきた。

「貴様らか。遺跡のダンジョンに入りたいという輩《やから》は」

「はい、遥人と言います。俺はここことは別の世界から来た、勇者です」

「ほう。貴様、勇者なのか」

「そ、そうです」

「では話が早い。俺と戦え」

「えっ？」

「俺と戦い、俺を楽しませることができれば、ダンジョンへ入ることを許可しよう」

そうして『俺』は獣人王と戦うことになったのだが……。

「こっちだ」

「なっ⁉　――ぐっ‼」

獣人王の爪による攻撃を黒刀で何とか防いだが、その威力で『俺』は後方に大きく吹き飛ばされた。この当時の獣人王は、百年後の獣人王であるレオ並みに強かった。攻撃の速度はレオの方が上だが、パワーではこのトラの獣人王の方がかなり強い。

もしこの獣人王に勝てるなら、遺跡のダンジョンでレベル上げなんてしなくても良いくらい強いって言えるんじゃないだろうか……。とはいえ戦闘が何より好きな獣人族のトップである獣人王が、そんなことを聞いてくれるはずがなかった。だからこうして戦っているんだ。

「遅いし、ガードも甘い。貴様……ほんとに勇者か？」

最初は新しいおもちゃを見つけた子供のように目を輝かせていた獣人王は、『俺』への興味を薄れさせていた。彼の冷たい目は、サリオンと良い勝負ができるようになって強くなったと勘違いしていた『俺』の自尊心を大きく傷つける。

「た、確かに俺は弱いかもしれません。ですが、勇者であることは確かです」

できれば自分の力だけで勝ちたかった。

しかしもう、そんなことを言っていられない。このまま弱い勇者だと侮られたままでいるのはダメな気がしたんだ。俺はこの世界を救う勇者になるのだから。世界に希望を見せるためには、こんなところで躓いていられない。

「ティナ!!　アレを使う」

「は、はい！」

闘技台の外にいたティナを守るべき対象だと認識する。

守護者《スキル》が発動した。

この頃、俺はレベル70になっていた。守護者《スキル》の発動で、俺のステータスはレベル１４０相当へと上昇した。力が溢れてくる。ダメージを貰いすぎて重く感じていた黒刀が一気に軽くなる。

「むっ、闘気が膨れ上がったな。もしやそれは、勇者が持つというスキルか？」

「……はい」

獣人王は俺のステータスが上昇したことに気付いていた。しかしそれで焦る様子を見せることはなく、戦闘前のように目を輝かせるだけだった。強くなった俺の力を恐れるどころか、それを楽しみにしていることが言葉にされなくとも分かってしまう。

「手加減はしません」

「おう、そうしてくれ。俺も勇者殿を殺すまいと、抑えていた力を開放するからな」


結論から言って、俺は負けた。

ぼろ負けだった。立ち上がれなくなるまで殴り続けられ、ほとんど反撃できなかった。

守護者《スキル》を発動させてレベル１４０になった俺より、獣人王の方が圧倒的に強かったんだ。

「うっ…ぐはっ」

「は、遥人様!!」

「勇者特有のスキルを発動させてコレか……。多少は楽しめたが、噂で聞いていたほどではなかったな。貴様らに神が創りしダンジョンに入る資格などない」

「……ゴメン、ティナ。俺は、まだまだ弱かった」

サリオンにボコボコにされていたのは、数か月前までのこと。最近は彼の攻撃を受け流して、ごく稀にだが攻撃をあてられるようにもなっていた。だからこうして動けなくなるまでやられたのは久しぶりだった。動けない『俺』は、以前のようにティナに膝枕されている。

懐かしいな、コレ……。

彼女と密着していると、なんだか回復が早い気がする。

「遥人様はまだ成長途中の勇者なのですから、気になさらないでください」

その成長を加速させるためにこうしてベスティエまでやって来たのに、そのダンジョンに入るためにもっとレベルを上げなければいけないらしい。

「ありがと」

悔しさから涙が出た。ティナがそっと頭を撫でてくれる。

「……こっそり入っちゃいません？」

「え」

「先ほど兵士の方から聞いたのですが、夜間は見張りがいないみたいです」

「で、でもそれって――」

普通に違法なのでは？

「私たちは勇者なのですから、その時点でダンジョンに入る資格があるはずです」


――＊＊＊――


獣人王に『俺』がぼろ負けした日の夜。

「やべぇな。ほんとに来ちゃったよ」

『俺』はティナと遺跡のダンジョンにやって来ていた。

「見張りは……よし。本当にいないみたいですね」

彼女が聞いた通り、ダンジョンの入口に兵士はいなかった。というのもダンジョンに入るには、獣人王が持っている鍵が必要なんだ。日中兵士が滞在しているのは、いつかやって来る勇者を獣人王の元まで連れてくるためだとか。

鍵がないのだから、入ることはできないと思っていた。それなのにティナは何故か自信ありげに『ダンジョンにこっそり入っちゃおう作戦』を決行した。

「ダンジョンなのですから、きっとすごく広いのです。入口が閉じられていても、どこか別の場所から入ってしまえばいいのですよ」

それが彼女の自信の理由らしい。『俺』もここまで来てしまっているので、もう覚悟を決めていた。この遺跡のダンジョンは地下に広がるタイプだから、もしかしたら付近の地面を掘れば中に入れるかもしれない。後は知られていない入口がどこかにある可能性も……。

「分かった。入口を探そう」

「はい！」

ティナと遺跡のダンジョンの入口を探そうとしたのだが、俺はすぐに動きを止めた。

「なんだコレ……『勇者専用ダンジョン』って、えっ？　な、なんで!?」

入口のすぐ横にある石に『俺』の世界の言葉でそう書かれていたからだ。

勇者としての特性で『俺』は、こちらの世界の言語で読み書きや会話ができる。しかしこの石にはこちらの世界で一般的に使われている文字ではなく、『俺』が暮らしていた世界の言葉で説明文が描かれていた。

「遥人様。この文字が読めるのですか？」

「う、うん。ティナは読めない？」

「はい、読めません。一応ですが、この文字の形を見たことはあります。異世界から来る勇者様たちが使われる文字だとか」

この世界には俺と同じように、魔王を倒しに来た勇者たちが幾人もいるらしい。その勇者たちが伝えた文字が、記号やマークとして使われることはある。だけど意味を理解できるヒトはほとんどいない。ティナもこの石に書かれている内容が分からないと言うので、『俺』が声に出して書かれている内容を教えてあげる。そこには――

【勇者専用ダンジョン】
異世界から来たレベル１００以下の勇者よ
ここは君らがレベル上げをするために造ったダンジョンだ
この文字が読める者であれば、ここに入ることができる
内部にはレアな装備を用意しておいた。好きに持っていくと良い
ただし、最低限の強さは必要だ
まだそこに達していないのであれば、ある程度レベルを上げ、再度ここに来てほしい
(推奨レベル30以上)

こんなことが書かれていた。

「これが読めれば入れる？　それって」

入口に近づいてみる。

ゴゴゴっと音を立て、ダンジョンの入口が開いた。
マ、マジですか……。
「ほら！　やっぱり勇者である遥人様は、ここに入る資格があったのです!!」

ティナが手を叩いて喜んでいる。

獣人王に認められていないことが気がかりだが……。

「さぁ。行きましょう、遥人様。ここを踏破してレベルを上げ、獣人王を倒して、貴方が勇者

であることを認めさせるのです!!」

ティナが野望を抱いていた。獣人王に『俺』が弱いと思われていることが不満なようだ。ボコボコにされて、『俺』も当然悔しかった。サリオンと獣人王、どちらが強いのか正直分からない。訓練の時はいつもサリオンはそれなりに手加減してくれていたから。だけど『俺』は、なんとなく彼が最強だって信じていた。そんな彼《最強》に育ててもらったんだ。『俺』がこのまま獣人王に弱いと思われていると、サリオンに対して悪い気がしてしまう。

「そうだな。獣人王を見返してやろう」

現在の『俺』はレベル70で、ティナはレベル55だった。推奨レベルが30以上とされていたことから、そこまで危険はないと思う。さらに緊急時にはアレがある。安全マージンを取りながら、レベルを上げて進んでいこう。

『俺』とティナは、遺跡のダンジョンに足を踏み入れた。

――＊＊＊――

なんの問題もなく一層目のフロアボスを倒した。

一層目だというのに、各所にはレアなアイテムが多数保管されていた。ここは低レベル勇者の育成ダンジョンなわけだが、ほとんどの勇者はちゃんと創造神に高レベルにしてもらってからこの世界に来るのだろう。そして高レベルの勇者はこのダンジョンには入れない。更に一般の冒険者もここには入れないので、このダンジョンが造られて以来、アイテムはずっと放置されていたんだ。というわけで、レアなアイテムを取り放題だった。

一層目をクリアした後、次の層に行くための石碑に触れると、『俺』は四つの台座がある部屋に飛ばされた。ティナはその部屋には来なかった。おそらく『異世界から来たこと』が、この部屋に入る条件なのだと思う。

ティナと別の場所に飛ばされたことに焦る。苦手な魔力検知でティナを探ろうとするが、この部屋から外の様子は全く探ることができなかった。部屋から出ようにも、扉がない。

アイテムを回収することが部屋から出るフラグなのではと考え、四つの台座の上に乗っていたアイテムを持ってみる。しかし、何も起こらない。

とりあえず手に持ったアイテムを、ひとつの台座の上にまとめて置いた。

ティナのことが心配になるが、彼女は『勇者の血を引くもの』という加護のおかげでレベルが上がりやすいらしく、一層目を踏破した時点でレベル58になっていた。

一層目の魔物はレベル30くらいだった。二層目もそんなに強い魔物は居ないだろう。それにティナは賢い。『俺』とはぐれたからと言って取り乱すようなことはしないはずだ。そう考え、落ち着くことにした。まずは手元にあるアイテムをチェックしよう。部屋から出る手がかりがあるかもしれない。

台座の上にあったのは、葉っぱが一枚、麻っぽい布で作られた袋が一個、手頃な短剣、それから本だ。本は表紙も中身も何が書いてあるのか全く読めなかった。ダンジョンを踏破するのが目的なので、読めない本なんか邪魔にしかならないと判断し、置いていくことにした。

葉っぱはよく分からないが、かさばることもないので、とりあえずポケットに入れておく。後でティナに見てもらおう。短剣と麻の袋をこれまでアイテムを入れていたカバンに詰め込んだ。特に部屋から出る手掛かりにはならなかった。

その後なんとなく壁を触ってみると、ある一面だけ壁を通り抜けられるようになっていた。他にどうすることもできなかったので、覚悟を決めてその壁に飛び込んだ。

「遥人様！」

「ティナ!!」

壁のすぐ向こうにティナがいて、『俺』が現れたことに気付くと抱きついてきた。不安だったのだろう、少し涙目だった。ティナの無事を確認できてほっとする。

ティナが落ち着いてから、アイテムを見てもらった。葉っぱは『世界樹の葉』という超レアアイテムだった。短剣はよく分からなかったが、麻の袋は『収納袋』といって、いくらでもモノを入れられるアイテムだった。しかも『俺』がゲットしたのは、入れたものの重さは感じなくなり、入れた時の状態を保持し続けるという収納袋の中でも最上位のレア度を誇る逸品。

さすが勇者専用のダンジョンだ。置いてあるボーナスアイテムの格が違う。とすると置いてきてしまった本もすごく貴重なものだったんじゃないかと思うが、あの部屋にはどうやっても戻ることができなかった。仕方がないので、諦めて先に進むことにする。

まぁ、そこまで後悔しなくても良いだろう。きっとこの先にもレアなアイテムがいっぱい眠っているはずだ。心を弾ませながら『俺』とティナはダンジョン攻略を再開した。

――＊＊＊――

一層目から二層目に移動する時以外は、ボーナスルームへ飛ばされることはなかった。ボーナスルームがなくとも、このダンジョンでゲットできるアイテムはどれも素晴らしい性能のものばかりで、『俺』とティナは嬉々としながらアイテムを漏らさず収納袋に詰めてダンジョンを攻略していった。

そして『俺』たちは今、最終層のボス部屋の前にいる。

最終層はリザードマンやレッサードラゴンなどが生息している層で、この遺跡のダンジョン内で最も広いエリアだった。この層が広すぎて、ボス部屋にたどり着くまで少し時間がかかった。広いだけじゃなく、敵もかなり強い。でもそのおかげでレベリングは順調だった。現在『俺』はレベル１０７、ティナはレベル99になっていた。

「ついにラスボス戦だな」

「頑張りましょう！」

「うん。さっき話した通り、もしボスがアレだったときは――」

ドラゴン系統の魔物が生息しているダンジョンのラスボスと言えば……。もうアレしかいないだろう。問題はその種族のうちで、どれがここにいるか。

「大丈夫です。私は必ず、遥人様の作戦通りに動きます」

「危なくなったら逃げる！　これも守ってね」

「はい!!」

ダメージを負った時用の回復薬や、緊急脱出用の煙幕弾などが収納袋から即座に取り出せることを何度も確認し、『俺』とティナはふたりでボス部屋の扉に触れた。

ゴゴゴッと重い音を立てながら扉が開く。

中の様子が確認できるが、そこには何もいなかった。おそらく俺たちが中に入らないとボスが出てこないようになっているんだ。

ティナに目配せして、ボス部屋の中に足を踏み入れた。

扉から数歩前に進むと、頭上に影が現れた。翼を有したそれは、強い風を巻き起こしながらボス部屋の中央に着地する。

「グハハハッ、勇者よ、よくぞここまでたどり着いた。待っていたぞ」

燃えるように赤い鱗を持つ巨大な竜が現れた。

ラスボスが竜族だということは予想していたのだが、まさか『赤竜《せきりゅう》』がいるとは……。

竜族は最高危険度――Sランクに分類される魔物だ。さらにコイツは『色竜《しきりゅう》』と言って、竜族の中でも最強の種。ただ強いってだけじゃない。色竜は人語を理解し、ヒトと同じように魔法を使えるほど知能が高い。

火竜や水竜、風竜などといった属性を冠する竜は『属性竜』で、討伐にはレベル150が必要とされる。しかし『俺』たちの目の前にいるのは赤竜。属性竜より遥かに強く、討伐するにはレベル200以上でないと厳しいと言われている。『俺』とティナのレベルを合わせれば色竜の討伐可能目安のレベルを超えるが、連携が完璧でないとそうはならない。ここまでの敵はレベルが『俺』たちより高くても、ティナと協力してなんとか倒すことができた。だけどコイツだけは、明らかに格が違う。

そんな圧倒的強者が『俺』たちを歓迎する。

「さぁ、俺を倒してこのダンジョンを制覇してみろ!!」

言葉を終えた赤竜が咆哮する。

地面を揺らすほどの爆音を浴びせられて簡単に鼓膜が破られた。音が消え、平衡感覚がおかしくなる。それと同時に、全身を刺すような強い恐怖を感じた。

流石は魔物の頂点の存在。

こんなのと戦わなきゃいけないのは怖い。だけど……『俺』たちは勇者だ!!

彼女も耳は聞こえてないと思う。でもティナなら動いてくれるはず。

「ティナ!!」

『俺』が振り返ると、ティナは「大丈夫です!」と口を動かした。

ふたりして耳を抑え、即座にヒール《回復魔法》を自分自身にかける。音が聞こえないことより平衡感覚が奪われていることの方が危険だ。竜の咆哮を浴びると恐怖状態になって数秒動けなくなるらしいが、『俺』とティナは勇者が持つ加護のおかげでそれは恐怖状態《きょうふじょうたい》は免れていた。ただ、恐怖状態にならないのと、恐怖を感じるかどうかっていうのは別だ。

ステータス上は問題なくても、心が負ければ身体は動けなくなってしまう。これも、勇者になって精神力が強くなった『俺』たちなら大丈夫。

「ティナ、行くぞ!!」

「はい!」

『俺』は創造神様から貰った黒刀を構え、赤竜に向かい一直線に突撃する。

一方ティナは、『俺』がボーナスルームで手に入れた短剣を手にして、赤竜に対して右回りで円を描くように移動していく。彼女が持つこの短剣は、反魔法《アンチマジック》の効果を持つ超レアな武器だ。

竜族はその体表にドラゴンスキンと言う防御魔法を纏う。これを解除させなければ、その肉体に傷をつけることはできない。『俺』が赤竜の注意を引いている間に、ティナには赤竜に反魔法《アンチマジック》の短剣で一撃入れてもらう。これはラスボスが属性竜か色竜だと予測できたから、あらかじめティナと立てた作戦だった。

作戦を成功させるには、まず俺が赤竜のヘイトを一手に引き受けなければいけない。そのために全力で攻撃を仕掛ける。身体強化魔法で物理攻撃力や素早さを向上させ、それと同時に複数の魔法を展開する。

「穿《うが》て、アーススピア! 燃やし貫け、ファイアランス!!」

赤竜の足元から無数の岩石の槍が伸び、『俺』の左右の空間から炎の槍が赤竜目掛けて高速で飛んでいく。どちらもほぼノータイムで発動できる最下級の魔法だ。最下級魔法だから威力は弱いし、そもそも火属性魔法に耐性を持つ赤竜にファイアランスは意味がない。

でも、それでいいんだ。

アースピアは赤竜の鱗を貫けずに砕け散った。そこにファイアランスが到達する。砕けたアースピアの残骸を、ファイアランスがさらに細かく爆散させた。実はファイアランスの先端に爆裂魔法を仕込んでおいたんだ。砂塵が赤竜の視界を奪う。

「小癪《こしゃく》な！」

砂塵の奥の方が赤く輝きだした。

来る！　ドラゴンブレスだ!!

再び数発のファイアランスを打ち込んだ。それによって赤竜のターゲットは『俺』に固定される。せっかく視界を奪ったのにこちらの位置がバレるようなことをしたのは、ティナの方に攻撃がいかないようにするためだ。

轟音をあげ、砂煙を消滅させながら火球が飛んできた。俺はそれを——

黒刀で両断した。

「な、なにっ!?」

これにはさすがの赤竜も驚いたようだ。ドラゴンブレスは竜系の魔物の中で、属性竜と色竜のみが使える強力な攻撃手段だから。

ドラゴンブレスを斬り裂けたのは黒刀のおかげだ。創造神様から頂いたこの黒刀は切れ味が凄いだけじゃなく、魔法すらも斬ることができる刀だった。黒刀がなければ倒せない魔物もこのダンジョンにいた。

やっぱり創造神様には感謝しなくちゃな。こうして目的を果たすこともできたし。

「うぐっ」

赤竜が短く悲鳴を上げる。

その右足に短剣が突き刺さっていた。ティナが赤竜の隙をつき、反魔法《アンチマジック》の短剣を赤竜に突き立てたんだ。目的を完遂したティナが戻ってくる。

「遥人様！」

「ティナ、ありがと。よくやってくれた」

赤竜を守るドラゴンスキンは解除されたはず。これでようやく『俺』たちの攻撃が通るようになる、ここからが本番だ。

「……なるほど。反魔法《アンチマジック》の武器か。だが貴様ら程度のステータスで、俺の鱗を貫通させる攻撃ができるかは別だろう」

赤竜が足を軽く振ると、ティナが突き刺した短剣は抜け落ちてしまった。

「そ、そんな」

「大丈夫だよ。ドラゴンスキンはまだ回復していないみたいだから」

勇者の特性として、一般のヒトより魔力を見る能力が強化される。それで『俺』は赤竜を纏っていたオーラのようなものがティナの攻撃後に消え、今もまだ回復していないことに気付いていた。でも反魔法《アンチマジック》の短剣が抜けて、あとどれくらいでドラゴンスキンが回復するのかは分からない。勝つチャンスがあるとしたら、今しかない。だから――

「ティナ！　守らせてくれ!!」

「は、はい！」

予め決めていた合図に従い、ティナは赤竜から距離を取って『俺』の背後に移動した。これも事前に打ち合わせ通りの行動だ。

ティナを守らなくてはいけないと強く意識する。

急激にステータスが上昇するのを感じた。守護者《スキル》が発動したのだ。

『俺』の全てのステータスが倍増する。

「悪いな。ちょっと、ズルさせてもらうぞ」

「お、おい待て！　なな、なんだその魔力の高まりは!?」

赤竜がたじろいでいる。今の俺は守護者《スキル》によってレベル２１０相当のステータスとなった。

黒刀を上段に構え、そこに膨大な量の魔力を集中させる。

「これで、終わりだ！」

魔法で身体機能も強化し、レベル２１０のステータス全開で黒刀を振り下ろす。

黒刀から斬撃が飛んだ。

斬撃がダンジョンの床を抉るように刻みながら赤竜に向かっていく。

「えっ、ちょ、ま――」

赤竜は慌てて魔法障壁を幾重にも展開し、さらに身を丸めてガードしようとした。

しかし『俺』の放った斬撃は、その全てを切り裂いた。


「……か、勝ったんだよな？」

目の前に真っ二つになった赤竜が倒れている。

元の世界でやってたゲームとかだと、ダンジョンのラスボスって第二形態とかあるのが定番だから少し警戒していた。しかし何かが起こる気配はない。

「ティナ、やったよ。俺たち、ダンジョンを制覇したんだ!!」

「やりましたね！　遥人様、おめでとうございます」

「ありがと。ティナがいてくれたから俺はここまでこれた。最強の魔物《色竜》にも勝てた」

ティナに全力で抱きついた。

「遥人様……」

「俺についてきてくれて、本当にありがとう」

その後しばらく、俺はティナに抱き着いていた。

彼女も嫌がる素振りを見せなかったから、別に良いよね？


満足したのでティナから離れる。できればもっと彼女とくっついていたいけど、いつまでもダンジョンの中にいるわけにはいかない。それに俺たちはこの遺跡のダンジョンを踏破したので、あることをしなければいけない。それはこのダンジョンの踏破者として名を残すことだ。

「これ、かな？」

ボス部屋の入口から見て奥の方に、黒く巨大な石碑があった。そこには何やら白い文字で書いてあるが、『俺』もティナもそれを読むことはできなかった。ほかにそれっぽいものもないので、とりあえず触れてみる。

俺が石碑に触れると、何か文字が追加された。もともと書かれていた白い文字と同様、新たな文字も読むことができない。

「ダンジョン踏破者はダンジョンに名前が残るらしいけど……」

確かに記録はされたみたいだ。でも読めないってのは少しつまらない。

「ここが少し特殊なのかもしれません。冒険者が挑戦するようなダンジョンでは、私たちが普通に読める文字で踏破者の名が刻まれるみたいですから」

「そうなんだ。ま、それはそうとティナもコレ、とりあえず触っときなよ」

「わ、私は最後、見ていただけなのですけど……。良いのですか？」

「大丈夫でしょ。赤竜に止めを刺したのは俺だけど、攻撃が通るようにしてくれたのはティナだし。そもそもティナがいなければ、俺はスキルを使えなかったから」

「そうですか？　では、お言葉に甘えて」

少しビクビクしながらティナが石碑に触れる。

俺の時と同じように一行文字が追加された。もとからあった文字は一行目のままで、新たな文字は二行目にきている。俺が触れたときに現れた文字は三行目になった。おそらく一行目に『ダンジョン踏破者』的なことが書かれていて、それ以降は新しい踏破者の名前が二行目に来るようになっているんだろう。

「えへへ。私、ダンジョンを踏破しちゃいました」

石碑を見ながらティナが嬉しそうにしている。喜んでいるティナが可愛い。

「それじゃ外に出ようか。今日は頑張ったから、奮発してご馳走を食べよう」

「えっ、ほんとですか!?」

「ほんとだよ。軍資金にできる素材もゲットしたからね」

赤竜の死体は光になって消えたが、俺はその角や牙、爪をしっかり確保していた。

「わーい！　は、早く帰りましょう!!」

「うん。ちなみにティナは、何が食べたい？」

「私はですねー」

ベスティエの街に戻って何を食べるか話しながら『俺』とティナは、ダンジョンから外に繋がる転移石に手を触れた。

07

スタンピード

LEVEL 1 NO SAIKYO KENJYA

Bランク冒険者のローレンスは、絶望していた。

数百もの魔物が大挙して、彼が守護するガレスの街に迫っていたからだ。スタンピードと呼ばれるそれは、数多の種の魔物が寄せ集まり、その進路上にある全てのものを破壊しながら進んでいく災厄だ。

ローレンスは過去に、小規模のスタンピードを四つの冒険者パーティーを指揮して撃退した経歴を持つ。そのため冒険者ギルドからこの街に派遣され、防衛の指揮を任されていた。

しかし今回のスタンピードは、かつて彼が撃退したC～Dランクの魔物およそ三十体が暴走していたスタンピードとは規模が違った。攻めてくる魔物の中にBランクを超えているものも何体か確認されている。ここまで高レベルの魔物が、自然に集まってスタンピードになることはない。実は、これを引き起こした元凶がいた。ヒトに害をなす存在――魔人だ。

しかし、この時点でローレンスたち冒険者は、魔人の存在を認識していなかった。

街の中では人々が、スタンピードが迫ってきている西側の防護壁とは逆、東側へと避難を始めていた。今回のスタンピードを防げないと判断したローレンスが街の自警団に、住人の避難を進言したのだ。

「悪《わり》ぃ。今回の依頼、やっぱ受けなきゃよかったな」

「今更何よ。いつものあんたなら、魔物の数が百を超えてるって知った時点で、すぐに撤退の判断下すでしょ？」

手に持つ弓と矢のチェックをしている茶髪の女弓士イリスが、彼に対してそう言った。

「そうだな、ギルドからの手当が良かったとは言え、この街に長く滞在したのがまずかった」

巨大な盾とランスを装備した色黒の男が自嘲気味な言葉を漏らす。彼の名はグスタフ。

「えぇ。この街の人たちや自警団の皆さんに、すっごく良くしてもらっちゃいましたからね。今さら私たちだけ逃げるなんてできませんよ」

そう言ったのは前のふたりと同様、ローレンスのパーティーメンバーで回復術士のシーラだ。

住人を逃がす時間を少しでも稼ぐため、ローレンスと彼の仲間、そして街の自警団は街の西側防護壁の前でスタンピードを食い止めようと陣を張っていた。本来冒険者は、自由に生きる者たちだ。ギルドの指示で街の守護を任されたとはいえ、自分の命が危ないと判断すると、すぐさま逃げ出す冒険者が多い。

しかし、ローレンスたちは逃げることを選ばなかった。近いうちにスタンピードが起こると予測され、この街に派遣されてから一ヶ月。魔物の脅威から街を守るために来てくれた彼らに、街の住人が精一杯のもてなしをしてきたからだ。自警団との連携を強化するため、街の周囲の魔物を一緒に狩ったり、酒を酌み交わしたりしているうちに仲良くなってしまった。

イリスの言う通り、いつものローレンスなら魔物の数が百を超えていて、しかもBランクの魔物が複数いると知れば、直ぐに撤退の判断を下すだろう。しかし彼の手首には、この街の子どもがプレゼントしてくれたブレスレットがつけられていた。渡された時の眩しい笑顔――それを守りたいと思ってしまった。

だから彼らは、逃げられなかった。

「ローレンスさん、本当にすまない。あんたたちを巻き込んでしまって……」

ガレスの街の自警団団長がローレンスたちに頭を下げる。想定を遥かに上回る規模のスタンピードが迫ってきていると知った時、彼は冒険者たちが全員逃げ出すと思っていた。

しかし四組いた冒険者パーティーのうちローレンスたちだけは、街に残ってくれたのだ。

この街に向かってきているスタンピードは、今ここにいる戦力だけでは絶対に防ぐことができない。それでも自警団がここにいるのは、家族や友が逃げる時間を稼ぐため。この場にいれば確実に、あと十数分後には命を落とす――そんな場所に、この街の住人でもなければ、街に知り合いもいないローレンスたちがいてくれるのだ。

団長はローレンスたちに心から感謝すると同時に、申し訳なく思っていた。

「バカ言うなよ団長、俺たちだって仕事で来てんだ。やっと本業ができるってもんよ。そんなことより、お前が死んだらユーカが悲しむんだから、絶対死ぬんじゃねーぞ」

ローレンスが街の外の見回りをしている時、自警団団長の娘ユーカが魔物に襲われていた。

彼はユーカを救い、そのお礼に彼女は昔から大切に集めていた願い石を使ってブレスレットを作り、ローレンスにプレゼントした。

「ローレンスさん、あんたもな。あんたが死んでも娘は悲しむんだ」

「分かってるよ。……ってことで、作戦は『いのちをだいじに』だ。いいか？　絶対に無理するんじゃねぇ。家族を、友を、仲間を、この街を守るぞ!!」

「「「おぉぉぉぉ!!」」」

ローレンスは、かつて異世界から来た勇者がよく仲間に言っていた言葉を借りて、パーティーのメンバーや自警団員たちを鼓舞する。

無理をするのは俺だけでいい――彼はそう考えていた。

ローレンスは単独でもBランクの冒険者だ。腕に自信があった。そして向かってくるスタンピードの中にいるBランクの魔物を、個人で倒せるのは彼だけだった。Cランク以下の魔物は自警団と彼の仲間になんとか防いでもらい、彼は防衛線を破壊しうる戦力であるBランクの魔物を倒していくつもりでいた。

もちろん、ひとりでBランクの魔物と戦い続けるのには無理がある。しかしそれをしなくてはこの街を守れない。彼は仲間や自警団への指令とは裏腹に、自分だけ死ぬ覚悟をしていた。

地鳴りがする。およそ三百体の魔物が向かってくる音だ。

スタンピードが近づいていた。

「彼らに連絡はしたのか？」

「はい。スタンピードの発生とその規模を、レターバードでギルドに伝えました。恐らくあの御方たちにも連絡してくれるはずです」

「問題は少し前に別の大陸でスタンピードが発生したって噂があることだな。もしその噂が本当なら、彼らはそっちに行ってるはずだ」

「……そうか」

『彼』が来てくれるかもしれない――そんな希望が消え、ローレンスは内心絶望していた。

それでも彼は周囲に落胆する様子を見せない。ここにいる全員が、今は『彼』ではなく自分を心の拠り所としていると気づいていたからだ。

スタンピードが射程圏内に入る。

「魔法部隊！　弓部隊！　ありったけ撃ち込めぇぇぇ!!」

ローレンスの合図で、防護壁の上に待機していた十二人の魔法使いと三十人の弓士たちが一斉に魔法と矢を放った。スタンピードの前方を走っていた魔物がそれらに被弾し、倒れる。しかし魔物たちは仲間の亡骸を踏みつけ、街への進撃を続けた。

進撃は止まらないが、恐らく五十体くらいは削れたはずだ。魔物は残りおよそ二百五十体。この後、魔法部隊と弓部隊はスタンピードの後方に魔法と矢を放ち続け、その数を減らすことになっている。

「よしっ。いくぞ!!」

「「「おぉぉぉぉ！！！」」」

ローレンス率いる地上部隊の戦闘が始まった。

出だしは順調だった。魔法と矢で魔物たちの勢いを殺すことに成功していたから、ローレンスの仲間と自警団は連携して数十の魔物を倒すことができた。そんな中――

「ぐっ！」

ローレンスはBランクの魔物三体の猛攻に耐えていた。いくら彼でも三体を倒しきることなどできず、そいつらが自警団のもとに行かないように引き付けておくので精一杯だった。仲間の女弓士が防護壁の上から援護してくれるが、彼の周りにCランクの魔物を近付けないようにすることしかできない。

「くそがぁ！」

ローレンスはダークウルフに左手をわざと噛ませ、その首に剣を突き立てた。そして、続けざまに二体に減ったBランクの魔物を斬り伏せる。かなり強引な方法だが、防衛線を崩しかねない三体の魔物を消すことができた。しかし、噛まれた左手から血が止まらない。

「ちっ。これは、かなりまずいな」

彼がそう呟いた時──

「ローレンスさん！」

ひとり魔物の群れの中に突撃していたローレンスのそばに、数人の自警団員に囲まれたシーラがやって来て回復魔法をかけ始めた。彼女と一緒に来た自警団員が周りの魔物を牽制してくれるので、シーラはローレンスの回復に専念できる。

「バ、バカ!!　こんな前まで出てくんじゃねぇ！」

「貴方がいのちをだいじにって言ったんです！　なのに……。それなのに、こんな戦い方するなんておかしいです!!」

「そ、それは──っ!?　あぶねぇ!!」

「きゃあ!?」

ローレンスがシーラを抱えて横に跳んだ。

その直後、彼らがいた場所に禍々しい大剣が、轟音をたてて振り下ろされた。

周囲の魔物を牽制していた自警団員を吹き飛ばし、オークファイターがローレンスとシーラ目掛けて攻撃してきたのだ。現れたのは五体のオークファイター。Bランクの魔物の中でも上位の存在だ。Bランク上位種が五体。ローレンスが戦って勝てる見込みはゼロだった。

「ここまでか……」

彼はシーラを力強く抱きしめ、彼女を庇うように身を屈めた。

オークファイターの剣を身体で防ぐのは不可能だ。であれば自分ごとシーラを斬らせてしまおう。そうすれば、少なくとも愛する女性をオークに穢されることはなくなる。そんなことを考えた。少しでもシーラの恐怖を和らげられるように、震える彼女を全力で抱きしめる。

オークファイターが大剣をかかげ、それをローレンスの背に――

派手に血しぶきが舞った。

しかしその血はローレンスたちのものではなかった。大剣を振り下ろそうとしたオークファイターの両手が切断され、大量の血が噴き出していたのだ。

「なんとか間に合ったな」

声が聞こえ、顔を上げたローレンス。

彼が見たものは、黒髪の青年が僅かに湾曲した真っ黒な剣を振るい、一瞬のうちに五体のオークファイターを斬り伏せる姿だった。

「まさか……。あ、貴方は、別の大陸にいるはずでは？」

「そー!! だから、めっちゃ急いで飛・ん・で・き・た・」

そう言いながら青年は、先程オークファイターに吹き飛ばされた自警団員に何かの薬をふりかけていた。かなりの深手だったが、その傷がみるみる消えていく。

「それじゃ、この人をお願いします」

有無を言わさず、青年はローレンスに気を失っている自警団員を受け渡す。

「おっ! 願い石のブレスレットか。それのおかげで、間に合ったのかもな」

ローレンスの手首につけられたブレスレットを見ながら、青年がそう言った。

願い石はそれを身につけると御守りのような効果を発揮する。望みを強く意識しながら加工することで、願い石は望みに合わせた色に輝く。彼が身に付けているブレスレットは安全祈願を意味する黄色に強く輝いていた。

「後は俺に任せて」

黒髪の青年——遥人は、ローレンスに背を向けると手に持つ剣を構えて、こう言い放った。

「この街を、守・ら・せ・て・く・れ・」

08
勇者VS守護の勇者

LEVEL 1 NO SAIKYO KENJYA

　この世界に転移して早二年、幾度となくスタンピードを止め、いくつもの街や村を救ってきた。この頃の『俺』はレベル124で、守護者《スキル》を使えばひとりでもスタンピードの魔物を一掃できるまでに成長していた。しかし、いつも『俺』が間に合って犠牲者が出なかったわけではない。各地で魔物の脅威が増していて、スタンピードでなくとも多くの人々が魔物に襲われ命を落としていた。

　手に届く範囲の人々だけでも救いたい。そう思って、高位の魔物の出現やスタンピードが発生したと聞くと『俺』はティナと共にその場へ駆けつけるようにしていた。『俺』が前線に出て、魔物を食い止める。その間にティナは傷付いた人々を回復して回り、『俺』が討ち漏らして街中に侵入した魔物の討伐をするというのが最近の立ち回りだった。そして今回、このガレスの街にやってきたのは『俺』とティナだけではなかった。

「おっ、もう魔物全滅してんじゃん。やっぱやるな、遥人《はると》」

『俺』が元いた世界から、この世界の創造神によって転移させられた勇者の天斗《たかと》が街の外からやってきた。彼の後ろには聖騎士の大智《だいち》、賢者の加奈《かな》、聖女の由梨《ゆり》がついてきている。

「あぁ。なんとか間に合った」

「しかしハルトは、毎回毎回よくやるよな。無理して飛び回ってこっちの人間を救いまくっても、そんなにメリットなんてないだろ？」

　天斗《たかと》は勇者だが、進んで人助けをしようとはしない。もちろん目の前でヒトが魔物に襲われれば、それを助けることはする。それが勇者に科せられた役割だからだ。しかし遠方で魔物の大群が街や村を襲っていると聞いたところで、彼はそこに駆けつけようとはしなかった。大智《だいち》や加奈《かな》たちも、天斗《たかと》と同様。勇者や聖騎士、聖女などという職となった今でも、彼らにとって目の前で起きること以外は、自分に関係のないことだった。

「いいんだ。俺がやりたくてやってることだから。それより、アレはいたの？」

「お、そうそう！　結構強いのが来ててさ、おかげでレベルが上がったよ」

普段、彼らはスタンピードが発生しても、その場にいなければ対応することはない。しかし今回は数百キロ離れた国から、わざわざこのガレスの街までやってきていた。

「それにしても、魔人ってのは大したことねーのな」

天斗《たかと》が黒い角をその手で弄んでいた。恐らく彼が倒した魔人のものだ。

「いや、あいつの殺気、かなりヤバかったぞ」

「うんうん。天斗《たかと》はスキルで怯まないのかもしれないけど、私たちは無理だよ」

「こ、怖かったです」

ガレスの街に侵攻したスタンピードには明らかにおかしな戦力の魔物が複数体混じっていた。そのため、今回のスタンピードが魔王配下の魔人が直接指揮している可能性が高かった。

この頃の天斗《たかと》は既にレベル２６０を超えていた。レベルが上がりやすい勇者補正があるとはいえ、もうその辺にいる魔物をいくら倒してもレベルは上がらないほどになっている。しかし、魔人にはＳランクの魔物を使役するほどの力を持っている個体もいて、それを倒せば天斗《たかと》であってもレベルが上昇する。だから彼らはその魔人の討伐を目的としてここまでやってきた。

正直、もう魔王を倒せる力があるんじゃないかと思う。さっさと魔王を倒して、この世界を平和にしてほしい――そう『俺』は常々考えていた。

しかし天斗《たかと》は気分屋だった。気が乗らなければ滞在している街に魔物が襲来しても、戦ってくれない。しかも誰かに命令されることを特に嫌う。その圧倒的強さ故、誰も彼に文句を言うことができなかった。天斗《たかと》が戦わなければ、大智《だいち》たちも戦場に出ようとしない。

だから『俺』は天斗《たかと》が唯一興味を示す魔人を彼に任せ、それ以外の敵は全て『俺』が処理することを決めた。この決意にティナが賛同してくれたので、最近はふたりで世界を飛び回り、魔物を討伐していたのだ。

ずっとふたりで寝食を共にしてきたので、気付いた時にはティナのことを好きになっていた。出会った頃から彼女を可愛いと思っていた。それから二年の月日が経過し、彼女はますます可憐になっている。ティナの何気ない仕草全てが愛おしく思える。ただ、どうしようもなくヘタレだった『俺』は、ティナに想いを伝えることができずにいた。

「遥人様！　ご無事ですか!?」

ティナのことを考えていたら、自警団員たちの回復を終えたティナがちょうどやってきた。

「俺は無事だよ。死人も出てないみたい」

「そうですか、それは何よりです」

「ティナちゃーん。俺たちもいるんだよー。俺、魔人を倒してきたんだよ？」

構ってくれと言わんばかりに、天斗《たかと》がティナに声をかける。

「魔人を……。やはりさすがですね、勇者様は」

「遥人のことは名前で呼ぶのに、なんで俺はいつも勇者なの？」

何処と無く素っ気ないティナの返事に気分を悪くした天斗《たかと》がそう言って『俺』を睨んだ。彼はティナに気があるようで、彼女の頼みであれば、どんなことでも叶えようとする。しかし天斗《たかと》は見返りとしてティナと一緒に寝たり、キスすることを求めるので、ティナは彼に頼み事をしないようにしていた。『俺』はそれが嬉しかった。

天斗《たかと》よ。いくらでも『俺』に八つ当たりすればいいさ。

少なくともティナは、天斗《たかと》より『俺』を慕ってくれている——そう思えたから、『俺』は彼からキツい言葉をかけられたりしても気にならなかったんだ。

ティナのいない所で『俺』は天斗《たかと》に『なり損ないの勇者』と呼ばれていた。まぁ、間違いではないので特に反論もしなかった。それにもし言い争い、殴り合いになったりすれば守護者《スキル》を発動させてもレベル２６０オーバーの天斗《たかと》に『俺』は勝てないのだから。

「天斗《たかと》様、申し訳ありません。この世界の私たちにとって勇者様という呼び方は、最も敬意を込めた呼び方なのです。他意はございません」

このティナの言葉に、天斗《たかと》は気を良くしたみたいだ。自分は勇者と呼ばれているのに、『俺』はそう呼ばれない。ティナも『俺』のことを出来損ないだと暗に言っている——そう解釈したみたいだ。

その後、天斗《たかと》は大智《だいち》たちを引きつれ、街の中に入っていった。

「遥人様、気を悪くなさいましたか？」

天斗《たかと》の姿が見えなくなってから、ティナが話しかけてきた。

「俺を勇者って呼ばないこと？」

「……はい。遥人様がお望みでしたら、今後は勇者様とお呼びしますが」

「俺はティナに、これまで通り名前で呼んでもらいたいな」

「よろしいのですか？」

「うん。それにティナは俺のことを、出来損ないの勇者とかって思わないだろ？」

「お、思うわけないじゃないですか!!」

「なら問題ないね。それじゃ、ご飯でも食べに行こうか」

「はい。どこかやってるといいのですが……」

ガレスの街の安全が確保され、既に人々が戻り始めていた。いくつか開店している食事処もあった。『俺』はティナとならんで歩きながら、自分たちが救った街に再び光が灯っていくのを見て、この街を守れたことを喜びあった。


――＊＊＊――

この世界に来て二年七ヵ月が過ぎ、『俺』はレベル１８０になっていた。一方、天斗《たかと》はこちらの世界に来てまだ五ヶ月程だったが、それ以上強くなれない限界――レベル３００に至った。

『俺』は世界中で発生するスタンピードを止めるために奔走し、主にBランク以下の魔物を倒していたから、なかなかレベルは上がらなかったんだ。魔人や高レベルの魔物は、ほとんど天斗《たかと》に任せていたので彼の方がサクサク強くなっていった。

まぁ、そんなことはどうでもいい。『俺』が大好きな少女、ティナが生きる世界が平和になるのであれば、誰かが魔王を倒してくれさえすればいい——そう考えていた。

そんなある日。

「ティナ。俺は、お前が好きだ。俺の女になれ」

天斗《たかと》がティナに告白した。彼の上から目線な告白に『俺』はかなりイラっとしたが、仮にもこの世界最強の勇者からのアプローチだ。彼を殴りたい衝動に駆られるが、ティナの気持ちも聞くべきだと思いグッと堪えた。

「大変光栄なお申し出です。ですが、すみません。お断りいたします」

ティナは天斗《たかと》の告白をきっぱりと断った。

『俺』は心の中で歓喜していた。一方で天斗《たかと》は——

「は？　な、なんでだ!?　今この世界で一番強いのは俺なんだぞ？　その気になればこの世界の全てを手に入れることだってできる。そんな俺の申し出を、なんで断る!?」

お前、何言ってるんだ……。魔王にでもなる気か？

「それは私が、遥人様をお慕いしているからです」

「は？　そ、それって」

「私は遥人様のことが好きだと、そう申し上げたのです」

「えっ!?」

ティナの口から衝撃的な言葉が飛び出した。

驚いて『俺』の動きが停止する。天斗《たかと》と向き合うティナは『俺』に背を向けているが、その髪から見える耳が真っ赤になっているのが分かった。

ティナは『俺』が好き――そんな素振りは全くなかったはずだ。ちょっと振り返ってみる。

――＊＊＊――

『えへへ、今日もいっぱい魔物を倒しました！　撫でてください、遥人様』

ティナは魔物を倒したり、人々を回復させたりして活躍すると、いつも『俺』に頭を撫でろとせがんできた。人目のない所で撫でてやると、凄く嬉しそうにしていた。

――＊＊＊――

旅の途中、幾度となく自炊する機会があった。そしてティナが作ってくれる料理は、この頃からすごくおいしかった。

『えっ、おかわりですか？　申し訳ありません、これで最後なんです。なので私のを少しどうぞ。はい、あーん』

『俺』がおかわりを求めると、もう残りはないから自分のを食べていいと言って『俺』に料理の乗ったスプーンを差し出してくる。もちろんそれは、ティナのスプーンなわけで……。

その後ティナの皿にも料理が無くなると『やっぱりまだありました』と言って、調理場から料理を持ってくることが多かった。

――＊＊＊――

『遥人様、今日も一緒に寝てもいいですか？』

魔物から街や村を救っても、そこの住人たちがくれようとするお礼などを受け取らず、あちこち飛び回っていたので常に金欠だった。ティナも『俺』も、魔物を解体して素材を剥ぎ取ったりするのが苦手だったから。

たまに魔物の角など簡単に取れる部位をもぎ取って売り、宿泊資金にしていた。しかし贅沢できるレベルではなかったので、相変わらずふたり一部屋で寝ていた。

寝る時ティナは、いつも『俺』にくっついてきた。美少女がくっついてきて悪い気がするわけないので、文句を言うことはなかった。

……うん。ティナは以前から『俺』を好きになってくれていたのかもしれないな。

そう思える言動がいくつかあった。種族も違うし、ティナは美少女だ。『俺』なんかに興味は持ってくれないだろうと思っていたが、そうじゃなかったのだと気がついた。

『俺』はティナが好きだ。大好きだった。ティナと両想いだったことに嬉しくなる。ティナに告白されてしまった形だが……。幸せな気分になっていた。

その幸せな気分を、ぶち壊すバカが――

「遥人なんか所詮レベル200以下の雑魚だろ！　勇者つっても俺の下位互換じゃないか!!」

「遥人様は弱くなんてありません！　遥人様がどれだけの村や街を救い、どれほど多くの人々に感謝されているか分かりますか!?」

天斗《たかと》が『俺』を馬鹿にしてきたが、ティナが擁護してくれた。

「遥人様こそ、真の勇者様です!!」

このティナの言葉で天斗《たかと》が静かになった。

「……遥人。俺と勝負しろ」

「は？」

な、何を言ってるんだ？　お前はレベル300で、『俺』はレベル180だぞ？

結果なんて見えてるだろ。

「もしお前が俺と戦わないのであれば……。俺は、絶対に魔王を倒さない」

「なっ!?　お前、何言って――」

「もし俺が勝ったら、ティナを寄越せ」

そもそも『俺』はティナとまだ付き合っていないので、ティナを寄越せと言われても不可能だ。まぁ、付き合っていたとしても、天斗《たかと》なんかにやるつもりは無いが。

「俺がいなければ魔王は倒せないはずだ。さぁ遥人、俺と戦え!!」

そう言って彼は剣を抜いた。本気のようだ。

……ダメだな、今のコイツには何を言っても無駄だ。もうティナとふたりで魔王を倒しに行こうかと考えてしまうが、それでは彼女を危険に晒す可能性があった。だから『俺』は、戦力として天斗《たかと》が必要だった。

「分かった。もし俺が勝ったら、魔王を倒すのを手伝ってもらうぞ」

「そんなことは有り得ない」

大智《だいち》たちが止めようとしてくれたが、天斗《たかと》が睨むと彼らはそれ以上何も言わなくなった。


レベル300の勇者と、レベル180の出来損ない勇者の戦いが始まった。

「死ね！」

開始早々、天斗《たかと》が本気の殺気を込めた攻撃をしてくる。危険度Sランクの色竜すら一撃で葬り去る威力がある攻撃だ。その攻撃を『俺』は——

軽く受け流した。

「なっ!?」

天斗《たかと》が驚愕する。しかしこのくらいはできて当然だ。

ステータス任せの直線的な攻撃など、いくら速くても避けるのは容易い。もちろん直撃したらかなりのダメージを負う。神様がくれた黒刀と、これまで戦ってきた数千——いや、万にも及ぶ魔物との戦闘経験がレベル120の差を埋めてくれた。

天斗《たかと》の攻撃は『俺』に当たらず、逆に『俺』の攻撃は彼の身体に傷をつけていく。

「くそがぁぁぁあ！」

攻撃が当たらず、天斗《たかと》がイラついている。

このまま押し切れる。——そう思った時、天斗《たかと》から大量の魔力が放出された。

「お前は強いな、遥人。だからもしコレに耐えたら、お前を認めてやるよ。もちろん魔王討伐も手伝ってやる」

天斗《たかと》が巨大な雷の槍を出現させた。ふたつある雷の究極魔法のうちのひとつだ。広域殲滅型のアルティマサンダーとは違い、対個人に特化した最強の魔法。ステータス差を考えれば、彼は確実に『俺』を殺しに来ている。そしてその攻撃を避けさせまいと煽る。

更に『俺』の背後にはティナがいた。天斗《たかと》との立ち回りで、いつの間にかこの立ち位置にいたのだ。避ければティナに攻撃が当たる。『俺』が絶対に攻撃を避けられないように、彼が狙ってこの立ち位置になるようにしていたらしい。

「……分かった。こいよ」

「——っ!?　お、思い上がりやがって！　後悔しながら死ねぇ!!」

『俺』の挑発にキレた天斗《たかと》が、本来ヒトに向けていいはずのない魔法を放つ。

超高速で雷槍が飛んでくる。『俺』はそれを――

右手ではじき飛ばした。

「は？」

天斗《たかと》がそれに驚愕し、固まる。

この世界の最高レベルは300だ。神に転移させられ、その祝福を存分に受けた勇者が、数多の魔に連なるモノを倒してようやく辿りつく限界――それがレベル300。レベル300である彼は、間違いなくこの世界において最強の存在である。その最強勇者の最強の攻撃魔法を『俺』は易々と防いでみせた。

後ろに守るべき者――ティナがいたから。

守護者《スキル》が発動して全てのステータスが倍増した『俺』は、この世界の理を無視してレベル・・・360相当のステータスになっていた。守るべき者が『俺』の後ろにいる限り、この世界で『俺』に勝てるやつはいない。

さて、闇堕ちした勇者様を更生させますか。

天斗《たかと》の側に移動した。単純に走っただけなのだがレベル360のステータスは凄まじく、彼は突然目の前に現れた『俺』に驚愕している。その天斗《たかと》の顔面に向かって『俺』は――

全力で拳を叩き込んだ。

09

女神との契約

LEVEL 1 NO SAIKYO KENJYA

天斗《たかと》と戦ってから二ヶ月が過ぎた。

『俺』とティナのふたりは、各地でより一層激しくなってきたスタンピードから村や街、あるいは国を守るために飛び回っていた。魔王討伐の方は天斗《たかと》たちに任せている。魔王は魔大陸にいて、そこにいる魔王軍の数を減らし、更に幹部を潰していくのが彼らの役割だ。

魔王軍は末端まで含めると百万体ほどの魔物がいた。レベル３００の天斗《たかと》と、スキルを使用すればそれ以上のステータスになる『俺』がいたとしても、一気に殲滅することは難しいだろう。その状態で『俺』たち六人が魔大陸に突撃していくと、魔大陸から逃げ出した魔物が近くのヒトの国に流れて、そこで暴れる恐れがあった。

だからまずは魔王軍の戦力を削りながら、逃げ出して流れてきた魔物は『俺』とティナが倒すという形でやっているのだ。ちなみに天斗《たかと》はだいぶ大人しくなっていた。『俺』を見る度に『ひぃ』と毎回悲鳴を上げている。流石にちょっと失礼じゃない？

顔面を一発殴っただけだったのだが、あの時の天斗《たかと》の姿は少しヤバかった。死んでないのが不思議なくらい顔が陥没し、吹っ飛んだ勢いで手足があらん方向に降り曲がっていた。あまりのボロボロな姿に思わず、殴った当の本人である『俺』が真っ先に回復魔法をかけ始めてしまったくらいだ。その後、聖女の由梨《ゆり》とティナにも協力してもらい、なんとか彼の命をつなぎ止めた。勇者が勇者を殺してしまう結果にならなくて、本当に良かった。

意識を取り戻した天斗《たかと》は『俺』を見るなり震えながら土下座してきた。彼がこの世界に来て、初めて受けたダメージがアレだったらしい。かなりの恐怖を植え付けたようだ。

ちなみに天斗《たかと》たちに守護者《スキル》のことは説明していない。だから守るべき者が後ろにいなければ、『俺』は強くなれないということを知らないのだ。彼を調子づかせないためにも、最後まで内緒にしておこうと思う。

そして天斗《たかと》には『なんでもする、だから殺さないでくれ！』と懇願された。お前を回復させたのは『俺』なんだから、殺すわけないだろ。そんなことを思ったが、言うことを聞いてくれるというので、魔大陸の戦力を削ってもらうことにした。魔王を倒したとしても、それまでに多くの人々が魔大陸から逃げだした魔物に殺されたら意味が無いからな。

それから『俺』が、天斗《たかと》たちと別行動する理由がもうひとつ。それは――

「ん……。おはようございます、遥人《はると》様」

「ティナ、おはよ」

『俺』の横で眠っていたティナが目を覚ました。

「遥人様」

ティナが目を閉じ、唇を軽く突き出してくる。『俺』はその唇にそっと触れた。もう何度目か分からないほどティナとキスしてきたのだが、それでもキスした後は互いに顔が真っ赤になる。

『俺』はティナと恋人になった。天斗《たかと》を吹き飛ばした日の夜、ティナに想いを告げたんだ。

ティナはそれを受け入れてくれた。

天斗《たかと》との会話で、ティナは『俺』のことを好きだと言ってくれた。だから既にティナの答えを聞いていた様なものだったので、ズルいかもしれない。それでも告白する時は、心臓が爆発するかと思うくらい緊張した。無事にティナと恋人になれて本当に嬉しかった。

ティナとつき合い始めて二ヶ月経つが、手を繋いで歩いたり、寝る前と起きた時にキスをする以上の関係に発展していない。そういうことをするのは魔王を倒して世界を平和にしてからと、ふたりで決めていた。

ティナとふたりっきりの時間を邪魔されたくないというのもあって『俺』とティナは、天斗《たかと》たちと別行動をしている。もちろん魔物の討伐をサボってるわけじゃない。ティナとゆっくりできるのなんて寝る時と食事の時、移動の時間くらいだ。彼女はひとりでも魔人を倒せるくらい強くなっていたので、戦闘の際『俺』とティナはほとんど別行動をとっていた。その方が多くの人を救えるから。

スタンピードの規模が大きく、およそ二日間ティナに会えないこともあった。その時は凄く寂しい思いをした。でもそれはティナも同じだったようで、無事に国を救った後、その国が提供してくれた高級宿で一日中ティナと抱きしめ合った。会えなかった時間が長かった分、その時はティナと一緒にいられることをより幸せに感じることができたんだ。

魔大陸で魔王軍を相手している天斗《たかと》たちの方も順調のようだ。定期的に天斗《たかと》から連絡が入るのだが、彼らは魔王軍幹部の四天王である上位魔人のうち、三体を既に倒していた。チート級スキル保持者が四人いて、うちひとりはレベルカンストの勇者。百万体の魔物が蠢く魔大陸と言えど、全く問題になっていなかった。むしろ逃げ回る上位魔人を追いかけて倒すのに時間がかかっていると天斗《たかと》からの報告を受けて、『俺』は乾いた笑いしか出なかった。

このペースでいけば、魔王討伐まであと一ヶ月くらいだろう。

そういえば魔王を倒した後、『俺』はこの世界にどのくらい残れるのだろうか？

少し不安になった。

神様のお願いを聞いて世界を平和にしたんだから、多少の要望は聞いてくれるはず——そう思っていた。


——＊＊＊——


それから一ヶ月。

ついに魔王城に来てしまった。スタンピードが落ち着いてきたので、天斗《たかと》たち魔王討伐隊に『俺』とティナも合流したのだ。

魔王城に来たというか……。既に魔王ベレトが目の前にいる。

魔王城の中にいた魔物は殲滅し、残す敵は魔王のみ。諸悪の根源である魔王を倒せば、世界は平和になる。そして『俺』たちの旅も終わりだ。

「ティナ。魔王を倒したら、伝えたいことがある」

魔王に神様からもらった黒刀を向けながら、隣にいるティナに話しかけた。普通だったら敗北フラグなのだが、目の前の魔王は泣きそうな表情で『俺』たちを睨んでいる。魔王の側近だと自称し『俺』たちに突撃してきた魔人を、天斗《たかと》が一刀のもとに斬り伏せたので魔王も戦力差に気付いたようだ。

　もうイジメに近いとすら思える。負けることはまずありえない。

「……はい」

　ティナが頬を紅潮させた。『俺』が何を言いたいのか予想できたようだ。そして、多分その予想は正しい。『俺』の服のポケットには、ティナに渡すための指輪が入っていた。

　魔王を倒したら『俺』はこの世界に残る。

　そして、ティナと結婚する。そうするつもりでいたんだ。

「遥人。もう魔王を倒していいか？」

　天斗《たかと》が聞いてきた。

「あぁ、頼む」

　そう言った瞬間、彼の表情がいやらしく歪んだのだが……。

『俺』はその真意に気付けなかった。

「やぁ、魔王。はじめまして」

「ひ、ひぃ、やめろ！　く、くるなぁぁあ!!」

　天斗《たかと》が一歩踏み出したかと思うと、その姿が消えた。

「そして、さよなら」

　一瞬のうちに魔王の前まで移動した天斗《たかと》が、その手に持つ剣で魔王の首を斬り飛ばした。首を失った魔王の身体がゆっくりと床に崩れ落ちる。

黒いモヤとなって魔王の身体が消えていった。第二形態とかはないらしい。

——終わった。

呆気ない。まぁ、こんなもんか。

『俺』は黒刀を鞘に戻し、ティナを見る。

「ティナ、終わったよ」

「遥人様!? そ、それは——」

ティナが驚愕の表情で『俺』を見ていた。

「えっ？」

『俺』の身体が、まるで花が散るようにバラバラに崩れていたんだ。

「ぎゃははは」

天斗《たかと》が汚い笑い声を上げるが、彼の身体も崩れ始めている。

な、なんなんだこれは!?

「ティナ!!」

慌ててティナに触れようと手を伸ばそうとする。しかし『俺』の手は既に消えていた。

「そ、そんな。なんで……」

崩れていく『俺』を見て、ティナの目から涙が溢れ出す。

天斗《たかと》が悪意に満ちた笑顔で叫んだ。

「さぁ、俺たちと一緒に元の世界にかえろうぜぇ！　はるとぉぉ!!」

――＊＊＊――


「こ、ここは……？」

どこまでも続くような真っ白な空間にいた。『俺』はこの場所に来たことがある。

「勇者よ。魔王討伐、ご苦労だった」

声をかけられ振り返ると、いかにも神様っぽい白髪白髭のおじいさんが立っていた。神様っぽいと言うより、『俺』をこの世界に転移させた正真正銘本物の神様だ。更にこのお方、創造神様という、この世界を創造した一番偉い神様なんだとか。

「まさかここまで早く魔王を倒して戻ってくるとはな……。誠に良くやってくれた。さて、元の世界に送り返してやろう。あぁ、心配するな。ちゃんとお前たちがこちらにやってきた時間に戻してやるから」

「あの、俺はこの世界に残りたいのですが」

「……何？」

「元の世界に帰れなくてもいいので、今すぐ魔王城に戻してくれませんか？」

ティナのところに早く帰りたかった。しかし――

「すまんが、それはできん」

「な、何故ですか!?」

「お前が元いた世界の神との契約があるからな。魔王を倒したら即座に元の世界に送り返すという条件で、お前たちを借りておるのだ」

「そ、そんな……。聞いていません！」

もし知っていたら魔王を倒す前に、ティナと話しておきたいことがたくさんあった。彼女ともっと触れ合いたかった。ティナに、指輪を渡したかった。

魔王を倒さないという選択肢もあったかもしれない。魔王が生きていれば魔物はどんどん生まれるが、その力だけを封印してしまえば魔物の発生もある程度抑制できる。百万体の魔物を狩り尽くした『俺』たちなら、封印された魔王から漏れた魔力より生まれる魔人や魔物なんて敵ではない。魔王を倒さないことでティナとずっと一緒にいられるのなら、『俺』は魔王を倒さないことを選択しただろう。

「お前が早く転移させろと急かしたから説明する時間がなかったのだ。しかし、お前の仲間の勇者にはちゃんと伝えたぞ。聞いておらんのか？」

天斗《たかと》からそんな話は一切聞いていなかった。ふと、彼が魔王に斬り掛かる直前の表情が思い浮かんだ。あれは魔王に対してではなく、『俺』を嘲笑う表情だった。

……なるほど、そういうことか。『俺』は天斗《たかと》の真意にようやく気付いた。

魔王を倒したら直ぐにこの世界から元の世界へと送り返されることを、彼は知っていた。そして『俺』に勝てず、ティナが自分のものにならないと分かった瞬間から天斗《たかと》は、『俺』とティナを引き裂くことを狙っていたんだ。『俺』はそれに気付かず、彼に魔王を倒して良いと言ってしまった。その結果『俺』は、彼女に別れを告げる時間もなくここにいる。

「な、なんとかなりませんか？　ほんの少しの時間でいいんです。ティナにお別れを言わせてください」

「転移させることを目的としてこの神界にヒトを連れてくるのと、転移先に送り出すのは簡単だが、元の世界に戻すのには膨大なエネルギーが必要になるのだ」

創造神様への願いや信仰心、未来への希望といったヒトが発する正の感情や意志が、創造神様が利用できるエネルギーになる。そして魔王から世界を救って欲しいとこの世界の多くの住人が願ったことで、天斗《たかと》たちを連れてくる分と、元の世界へ送り返すためのエネルギーが溜まったという。

そのエネルギーに余裕が無いらしい。本来なら創造神様は、天斗《たかと》たち四人だけをこの世界に転移させるつもりだったという。そこにたまたま『俺』が巻き込まれてしまった。そのため、本来消費するはずだった分より多くのエネルギーが必要となり、創造神様的には赤字の状態なんだとか。一応、備蓄はあるみたいだが、突発的な世界の危機に対応するため創造神様はそれを使いたくないそうだ。

「エネルギー……。た、例えば俺の寿命とかで、そのエネルギーを補えませんか？　ほんの少しだけでいいんです。俺を、ティナのところに帰らせてください！」

「無理だ」

創造神様が申し訳なさそうな顔をする。それで『俺』は、本当に望みがないと分かった。

「儂にはどうもできんが、他の神にも聞いてみよう。もしかしたら力を使っても良いという酔狂な神が名乗り出るかもしれん」

「お、お願いします!!」

『俺』はなんでもするつもりだった。もう一度魔王を倒せと言われたら倒すし、寿命がいるならくれてやる。だからもう一度、ティナに会わせてほしいと願った。

「私と契約を結んでくれるのなら、僅かな時間ですが貴方の想い人のもとへ戻るためのエネルギーを提供しましょう」

『俺』の願いを叶えてくれる女神様が現れた。

「ありがとうございます。なんでもします！」

「ふふふ。まずは自己紹介してもいいかしら？　私は貴方がさっきまでいた世界の、記憶を司る女神です」

「記憶の女神様……」

「えぇ。貴方の願いを叶える条件だけど、貴方がこの世界で過ごした記憶を私にちょうだい」

「俺の記憶、ですか？」

「そう。貴方、すっごく面白そうな冒険してたじゃない？　勇者なのにレベル30からスタートするなんて、ここ最近ではすっごく珍しいの。それに彼女、ティナって言ったかしら。彼女とのやり取りも見ていて、すっごくドキドキしちゃった」

　女神様が少し顔を赤くする。

「えっ？　も、もしかして――」

『俺』がティナとイチャイチャしていたのを見てたんですか!?

「えへへ」

　どうやらそうみたいだ。いくら女神様とはいえ、さすがに恥ずかしい。

「それでね、第三者目線じゃなくて、貴方の目線で貴方の記憶を楽しみたくなったの。ちなみに私に記憶を渡すと、貴方はその記憶を一切思い出せなくなるから良く考えてね」

　少し悩む。ティナとの思い出を全て無くしてしまうのは辛い。しかしこのまま元の世界に戻ったところで、ティナへの想いだけ募らせ続けるのはもっと辛いだろう。

「……分かりました。俺の記憶を差し上げます」

「ほんとに!?　やったぁ！　あっ、後ね、貴方を私たちの世界に一時的に戻すエネルギーを得るために、世界中のヒトから貴方の名前に関する記憶を消したいのだけど、それも大丈夫？」

「俺の名前を？　それはなぜです？」

「貴方、魔物から多くの人々を守ってきたでしょ。それで今、私たちの世界には貴方への感謝の気持ちや想いが溢れているの」

　ティナの住む世界を少しでも平和にしたいと考えて、これまで頑張ってきたわけだけど、改めて多くのヒトが感謝してくれていると聞かされて嬉しくなった。

「私たち神には、その想いや感謝の気持ちをエネルギーに変えることはできないの。だって貴方への想いなんだから」

女神様が言うには、この世界の住人たちの『俺』への感謝の気持ちなどは凄いエネルギーになるが、それをそのままでは使えないらしい。

「名前はヒトの存在を形成する大きな要素なのよ。貴方の名前に関する記憶を私がもらうことで、誰かが貴方に感謝すると私にその想いや感情の一部が届くようになるの」

そして女神様のもとに届いた『俺』への想いなどは、女神様がエネルギーとして変換できるらしい。よく分からないが、女神様がそうだと言うならそういうことなのだろう。

とにかく『俺』は、ティナにもう一度会いたかった。誰かに感謝されて悪い気はしないが、元の世界に戻ったらそれはなんの役にも立たない。だったら女神様に、『俺』への想いとやらを活用してもらっても問題ないはずだ。

「分かりました。その条件も大丈夫です」

「ありがと。それじゃ今から、彼女のもとに送り返すけど……。ごめん、最後にもうひとつだけ。その指輪も回収させてもらうね」

「えっ」

記憶の女神様の条件を呑み、ティナのもとに送り返してもらおうとしていたら、ティナに渡す予定の指輪を寄越せと言われてしまった。

「その指輪、遥人とティナの名前が書いてあるでしょ？　しかも不変金属で作るなんて」

ティナへの変わらぬ愛を伝えるため、不変金属と呼ばれる加工が非常に困難なヒヒイロカネを使って指輪を作った。この指輪を作る時、初めて守護者《スキル》を戦闘目的以外で使用した。戦闘時以外でも誰かを守りたいと強く意識することで、スキルは発動してくれた。

スキルの使用でこの世界の理《ことわり》を無視したレベル360の『俺』が、渾身の力を込めて加工してできたのがこの指輪だ。ティナの指のサイズは既に調査済みだった。

でも、もしサイズが変わったりしたら……。多分『俺』以外では加工できないから、ネックレスとかにしてもらうしかないな。

そんな指輪の内側に、ティナと『俺』の名前を彫っていた。それがまずいらしい。

「ハルトの名前に関する記憶を消す際に、ヒトの記憶からだけじゃなく世界中の書籍や彫刻などに記載されている文字も消して、その代わりに『守護の勇者』って文字を記すの」

それもそうだ。『俺』の名前に関する記憶が人々から消えても、本とかに名前が残っていれば思い出してしまう。

「本や彫刻に記された名前を消すのは簡単なんだけど……。ヒヒイロカネで造られたその指輪だけは、私でも無理」

そう言われてしまうとちょっと困る。さっき少し試してみたのだが、この神界に来てから『俺』は勇者としての力を使えなくなっていた。つまり、守護者《スキル》を使って指輪から『俺』の名前を消したりすることができないのだ。

また、指輪を渡されるほどの相手の名前すら思い出せないとなると、ティナに自身の記憶を疑わせることになり、彼女の脳にダメージを与える可能性もあるのだとか。この話を聞いて、『俺』はティナに指輪を渡すのを諦めた。

「だから指輪は私が預かるね。代わりにコレをティナに渡したら？」

そう言って女神様がくれたのは真ん中に赤い宝石がはめられた金のペンダント。

「竜王の瞳っていう、この世界で最高ランクの魔具よ。どんな魔法でも封印しておいて、条件を満たした時に発動させることができるの。ヒヒイロカネの指輪と比較しちゃうと、少しレア度は落ちるけど……」

「よ、よろしいのですか？」

「うん。ちなみに本来はふたつでひと組のイヤリングなんだけど、ティナには少し大きいかなって思ってペンダントにしてみた」

「お気遣いありがとうございます」

「もしティナの、貴方との冒険の記憶ももらっていいってなったらもうひとつ、別のすごいアイテムとかあげるけど……。どうする？」

もう会えなくなるのだから『俺』との思い出は綺麗さっぱりなくなった方が良い。でもティナは、『俺』と冒険した記憶を消したくないと言ってくれるかもしれない。ちょっとそう言ってほしいと思ってる『俺』がいた。

「それは……。えっと、ティナと相談してから決めてもいいですか？」

「大丈夫だよ」

さすがに独断では決められないので、ティナと話し合って決めることにした。

「それじゃ、ティナの元に送るね。時間は十分。いい？」

「はい。お願いします」


――＊＊＊――


魔王城に戻ってきた。

『俺』が消えた場所で、ティナがうずくまって泣いている。

「ティナ」

「えっ……」

「少しだけ、女神様に時間を貰ったんだ」

そう言って両手を広げる。そこにティナが飛び込んできた。

「遥人さまぁ。わ、わたし…私、もう……」

ティナの目から涙が溢れ出す。『俺』はティナを力いっぱい抱きしめた。

「お別れも言わず、消えてごめんな」

「ず、ずっといられるわけじゃないのですか？」

「……うん。俺は元の世界に戻るしかないみたい」

ティナに記憶の女神様と契約したことを告げる。『俺』がティナのことを忘れてしまうと知った時、彼女はすごく寂しそうな表情を見せた。

「女神様に記憶を渡して、ティナも俺のことを忘れることもできるよ。そうすればすごくレアな魔具ももらえるみたい」

できれば断って欲しいと願いながら、精一杯明るくティナに確認した。

「……遥人様は私に忘れてほしいのですか？」

「お、俺は――」

覚えていて欲しい。身勝手だと分かっている。それでも――

「俺はティナに、俺のことをずっと覚えていてほしい」

「遥人様がそう望まれるのであれば、私は絶対に貴方のことを忘れません」

そう言ってくれたティナを全力で抱きしめた。こんなに『俺』を思ってくれる女の子と、あと数分で離れ離れにならなければいけない。たまらなく寂しい。

「遥人様」

ティナが目を閉じ、右サイドの髪を耳にかけて唇を軽く突き出してくる。ティナがいつもキスをねだるときの仕草だ。

ティナとキスをする。

突然、彼女の両手が『俺』の首の後ろに回された。ティナから離れられなくなる。

少し驚いていると、ティナの舌が『俺』の口の中へ入ってきてより一層驚いた。そしてその舌が、『俺』の口の中をあちこち触っていく。

それが気持ちよかった。
『俺』の口の中を舐め回すティナの舌に、『俺』は自分の舌で触れてみた。
ティナの身体が少し跳ねた。
驚かせてしまったようだけど、お互い様だよね。
直ぐにティナも慣れたようだ。
ティナと舌を絡み合わせる。
彼女の舌が甘く感じる。
もっとしたい……
ティナの口の中へと舌を侵入させてみた。
あちこち触れると、その度にティナの身体がビクっとなる。それが可愛かった。
『俺』の首に回したティナの腕には力が入っていて、『俺』を離すまいとしている。
たまらなく愛おしく感じた。
初めてのディープキスなんだけど、これは凄い。
まるでティナと溶け合うかのような感覚に陥る。
ずっとこうしていたい。
でも、時間は有限だった。
「ぷはぁっ。ティナ、ごめん。時間がない」
「はぁ、はぁ。は、はるとさまぁ……」

少し強引にティナから離れた。

一心不乱にキスしていて、互いに呼吸が荒くなっている。『俺』の心臓はかつてないくらい激しく鼓動していた。トロンとした表情で『俺』を見つめるティナに、我慢できなくなりそうだが、このままではまた、お別れを言えずにティナと離れることになってしまう。

「俺はティナが大好きだ。記憶は失うけど、絶対にこの気持ちは変わらない」

「わ、私も。遥人様のことが大好きです」

「俺はこれから元の世界に帰るけど、もしかしたらまたこの世界に来られるかもしれない」

ティナがキョトンとした表情を見せるが、『俺』は言葉を続けた。

「その時の俺は多分、今とは違う姿をしてる」

この時の『俺』は、なぜかそうなることを予感していた。それは三年もの間、勇者として多くの人々を救っていく過程で身につけた直感によるもの。人々を守るため、敵の攻撃してくる時間、場所などを予測し続けてきた結果、未来予知とまではいかないが、かなりの高確率で当たる直感を身につけていた。

ティナとキスしながら『ティナと離れたくない』、『ティナとずっと一緒にいたい』と強く願ったことで『俺』たちの未来に関する直感が働いていた。その直感のまま言葉を口に出す。

「俺は記憶をなくすけど、姿も変わるけど……。それでも絶対に、またティナを好きになる。それからティナに好きになってもらえるよう、なんでもする」

「そ、それでしたら私は必ず、遥人様を捜し出します！」

「うん。俺は必ず戻ってくる」

『俺』の身体が淡く光り始めた。時間だ。

「ティナ、これを」

女神様からもらったペンダントをティナに渡す。

「これは？」

「ティナの命を脅かすような危機が迫った時、今の俺が使える最高防御力の結界が発動するようになってる魔具だよ。これが俺の代わりにティナを守るから」

『俺』が魔王城に戻ってきた時、竜王の瞳にありったけの魔力を込めた絶対防御の結界魔法を封印していた。あまり考えたくないが、『俺』がティナの元に戻るまでにこの魔具が一度は使用される――『俺』の直感がそう告げていた。

「ありがとうございます」

ティナがペンダントを大切そうに胸に抱く。『俺』の身体が崩れはじめた。

「ティナ、またね」

「はい。またお会いできる日をずっと、ずっとお待ちしています」

最後に見たティナは、頬に涙を伝わせながらも太陽のように眩しい笑顔だった。

――＊＊＊――

白い世界に戻ってきた。目の前には創造神様と記憶の女神様がいる。

「無事に別れは言えたようだな」

「はい。ありがとうございました」

「ティナの記憶はそのままでいいのね？」

「ええ。俺のことを忘れないと言ってくれましたから」

「うふふ、分かったわ。ティナが貴方に一途で良かったね」

「ハルトよ。お主はまたこの世界に来るといっておったが……。儂にはそんな予定はないぞ？

同じ者を何度も転移させると、魂がすり減るのでな」

「あ、それは……。たぶん大丈夫です」

異世界人を転移させられるのは創造神様だけ。創造神様が『俺』を転移させないのであれば、転移でこっちに来れる可能性はない。それでもティナと再会していた時、『俺』は必ずこの世界に戻ってくるという確信があった。

「そうか。ならばよいが……。まぁ、お前が死んだ時、異世界の神がこちらにお前の魂を送り付けてくる可能性もあるにはあるか」

そんなことがあるのか。直感が使えない今では正解かどうかは分からないが、もしかしたら『俺』は、それで戻ってこられるのかもしれない。

「仮にお前が戻ってきても、勇者としてのステータスを引き継ぐことはできん。だがお前は儂が愛する世界と、多くのヒトを救ってくれた。だからほんの少し、儂の加護をお前にやろう」

「あ、ありがとうございます‼」

「加護といってもたいしたものではないぞ？　いつ来るか分からんお前のために、そんなに強い加護をつけられんのだ」

「それは構いません。ちなみに、どんな加護を頂けるのでしょうか？」

「ふむ。お前に付ける加護は……いや、説明はやめておこう。お前がこの世界に戻ってきた時の楽しみにしておくがいい」

その後『俺』は、創造神様に元の世界に戻してもらった。


――＊＊＊――


見覚えのある公園。

見覚えのある四人組がこちらに向かって歩いてくる。その四人――およそ半年間、異世界で共に戦ってきた天斗《たかと》たちと『俺』は、無言ですれ違った。この時『俺』は異世界に三年いた記憶を無くしていた。そして彼らも創造神様により、異世界に関する記憶を封印されていた。

何となく後ろを振り向く。天斗《たかと》もこちらを見ていた。彼と目が合う。

数秒後、互いの進む方へ向き直った。

「天斗《たかと》。どうしたの？」

「いや、なんか。ちょっと……」

「おい、身体震えてないか？　大丈夫か？」

「た、たぶん大丈夫だけど」

「でも、凄い汗だよ！」

「なんだろう……。ここ最近、顔が半分無くなるくらいの威力で誰かに殴られる夢を見るんだ」

「「「えっ」」」

そんな会話が背中の方から聞こえてきた。

「顔が半分なくなるって、ヤバくね？」

思わず呟いてしまった。それをやったのが自分であることなど完全に忘れていた『俺』は、そのまま自宅へと向かって歩いていく。

横断歩道で足を止めた。道路を挟んで向こう側に、五歳くらいの女の子が立っていた。その子は全身黒色の服を着ていて、顔は――なぜだかよく覚えていない。

歩行者信号が青になったので進んだ。黒い服の女の子とすれ違う。

女の子は横断歩道上で歩みを止めた。

横断歩道を渡り切った『俺』がなんとなく振り返ると、その子はまだ横断歩道の真ん中を過ぎたあたりで立っていた。

――っ！　まじか⁉

『俺』は走り出した。女の子に向かって猛スピードで向かってくる自動車が見えたから。自動車側の信号は赤だ。なのに横断歩道手前で止まれるようなスピードではなかった。『俺』は歩道に向かって女の子を突き飛ばした。女の子は前向きに転びながらも歩道まで到達した。怪我をしていなければいいが……。

一方、『俺』は——目前に自動車が迫っていた。死ぬ間際に世界がスローモーションに見えるアレを体感している。自動車の中が見える。運転手は寝ていた。

くそっ！　居眠り運転かよ。

どうりで『俺』が飛び出したにもかかわらず、一切ブレーキをかけないわけだ。

鉄の塊が迫り来る中、せめて自分が助けた女の子がどうなったか確認しようと視線を動かす。

歩道に倒れ込んだ女の子が、上半身を起こしてこっちを見ていた。

良かった。頭を打ったりはしてないみたいだ。そう思った時——

「キヒッ」

女の子の口元から、この世のものとは思えないほどの悪意を含んだ音が漏れた。

その光景を最後に『俺』の意識は消えた。

——＊＊＊——

真っ白な空間にいる。

目の前には記憶の女神様。俺は女神様に差し出した記憶を取り戻した。女神様が返してくれた『俺《遥人》』の記憶と、俺《ハルト》の記憶が全て揃ったことでようやく理解できた。

俺が『守護の勇者』なんだ。

ティナが好きになってくれた勇者だ。

そして俺は元の世界に帰ってすぐ、邪神によって殺され、転生させられたのだと。

ほんの少し元の世界に戻っただけなのに、こっちでは百年も経過していたようだ。

「おかえり、ハルト」

「女神様、俺……」

「うん。ご愁傷さまとしか言えないね」

憐れみを込めた目で女神様に慰められた。多分、元の世界に戻ってすぐに邪神に殺されたことを言ってるんだと思う。俺が邪神を恨んでいるんじゃないかと。

でも違う、そうじゃない。俺が今、邪神に言いたいことはただ一言。

『ありがとう』だ。

邪神様が俺を転生させてくださった。

ティナと再び会わせてくれた。

ティナと一緒に過ごす時間をくれた。

ティナにまた、好きになってもらえるチャンスをくれたんだ。

だから今は感謝の気持ちしかない——こともないか。

やっぱり死ぬのは怖かったから、もし邪神に会ったら『ありがとうございました!!』って言いながら、全力で一発殴ろう。

とにかく俺は嬉しかった。

守護の勇者が遥人で。遥人はハルトで。ハルトは俺だった。

うん。自分で言っててよく分かんないけど、この世界でティナに愛されてたのが全部『俺』だって分かったのがすごく嬉しくなったんだ。

ティナが守護の勇者を好いていたと聞いた時、実はかなり嫉妬した。

でもその守護の勇者は、俺だった。

頬が緩むのが止まらない。

「なんだか幸せそうね」

「はい！」

「そう。なら良いのだけど。あっ、コレも返しておくね」

そう言って、女神様が俺にふたつの指輪を渡してきた。俺が作ったヒヒイロカネの指輪だ。

「いいのですか？」

「うん。ティナが貴方の名前を思い出されないように預かっていただけだから」

「ありがとうございます！」

「それじゃ、貴方との契約はこれでおしまい。元気でね」

10

ただいま

LEVEL 1 NO SAIKYO KENJYA

「ティナ」

石碑の前で涙を流すティナに声をかけた。

「ハルト様。なぜでしょう……涙が、止まらないのです」

彼女は勇者の――俺の名前に関する記憶を取り戻した。

勇者の名前に付随する思い出も記憶を女神様によって封印されていたのだが、それらも全てティナのもとに帰ってきたようだ。

俺が勇者としてこの世界に来た時、俺《遥人》の名を一番呼んでくれたのは間違いなくティナだ。俺の名前を呼びながら行った行為の記憶には全てフィルターがかかっていた。だから、ティナの記憶の大部分には不明瞭なものが多かったはずだった。

その曖昧な記憶が、全て元に戻された。

思い出が一気に蘇ったことで、ティナは感情を抑えきれなくなっているみたいだ。

かなり混乱していると思う。

今、俺が勇者であると告げるべきか悩む。

百年も待たせてしまった。

『俺』だって、分かってくれるかな？

不安はあった。

ただでさえ混乱しているティナを、もっと不安定にしてしまうんじゃないか――と。

でも俺は、『俺』を信じることにした。

俺はティナの勇者なのだから。

勇者なら、きっとティナを助けられる。

優しくティナを抱きしめた。

「ハルト様……」

最初に言う言葉は決めていた。


「ただいま」


「――っ!!」

ほら、このティナの反応。

やっぱり彼女は分かってくれた。

俺は嬉しくなった。

「百年も待たせてゴメンな」

「う、うそ……。そんな」

「俺はハルトだよ。ティナ=エルノールの旦那、ハルト=エルノール。それから百年前、一緒に魔王を倒した守護の勇者、西条遥人《さいじょうはると》だ」

「ほ、本当にあの勇者様なのですか？」

「……俺はティナに、名前で呼んでもらいたいな」

「あっ‼」

このフレーズ、ティナなら覚えてるはずだと思った。

それからこれも――

「俺は記憶をなくしていたし、姿も変わった。だけどまたティナを好きになった。それにティナも、俺を好きになってくれただろ？」

全て『俺』の直感通りになった。

「わ、私も、ちゃんとハルト様を捜し出しました」

「そうだね。ありがと」

俺に抱きつくティナの手に力が入る。

「おかえりなさい、ハルト様」

「あぁ、ただいま。ティナ」

ティナがキスをねだる仕草をしてきた。

百年前と変わっていない。

ティナはすごく綺麗になってるけど。

俺はティナとキスをする。

百年前と同じように、ティナの両手が俺の首の後ろに回された。

彼女から離れられなくなる。

俺はそのまま、ティナと舌を絡め合った。

「あついのぅ、まるで我らのことなど完全に忘れておるようじゃの」

「「アツアツですね」」

「ハルトさんが、西条遥人様――つまり守護の勇者様であったのなら、ティナ様が百年も想い続けた方ですから……。ああなっても仕方ありませんよ」

「ハルトさんも異世界人だったんですね」

「ハルトもって……。もしかしてルナも、異世界人なのかにゃ？」

「あっ！　い、いえ、その……はい。黙ってて、すみません」

「謝る必要なんてないにゃ。ルナが異世界人でもウチの友達であることに変わりはないにゃ」

「メルディさん……。ありがとうございます」

「しかし、ハルトが異世界から来たって知って、ようやくあの異常な強さに納得がいったよ」

「ルークの言う通りだな。……しかしハルトたち、全然終わんねーな」

「リューシン、アンタはちょっと黙ってなさい」

「あっ。でもついに、離れましたよ？」

「離れたけど、まだ見つめ合っておるのじゃ」

「「これは、もしや……」」

「ま、また始めちゃったにゃ」

リファたちの会話はちゃんと聞こえていた。

それでも、ティナとの再会が嬉しすぎて、イチャつくのを止められなかった。
百年も俺のことを待っていてくれた美人エルフがキスをせがんでくるんだ。
我慢なんて、できるわけないだろ。

00

邪神の怒り

LEVEL 1 NO SAIKYO KENJYA

天斗《たかと》によって、魔王ベレトが倒された少し後。神界では――


「邪神様！　お、起きてください!!」

神界の最果てにある神殿で眠る邪神のもとに、一体の式神が飛び込んできた。

「……どうしたというのだ？」

「魔王が倒されました！」

「なんだ、そんなこと――は？」

「魔王が、勇者に倒されました!!」

式神の言葉に耳を疑う。創造神が異世界から勇者を転移させたことも知っている。

しかしこれまで、こんなに早く魔王が倒されたことはなかった。

少なくともあと数年は魔王が世界から負のエネルギーを集めてくれるはずだったのだ。

「魔王が！　勇者に！　倒されました!!」

「やかましいわ!!」

邪神が返事をしなかったので、自分の話を聞いてくれてないと思った式神が邪神の耳元で大声を出して、邪神に怒鳴られた。

「てっきり現実逃避して、私の話を聞いてくださらないかと思いまして。失礼しました」

「ちっ、分かった……それで、俺の魔王を倒したのはどんな奴らだ？　次回の勇者対策を練らねばならぬ」

「それが……」

「どうした？」

「こんなに早く勇者が攻めてくると思っておらず、全く監視していませんでした」

「ほう、それで？」

「ですので、どんな勇者が、どうやって魔王を倒したのか全く分かりません。なので、対策の立てようがありません」

　式神の言葉を聞いた邪神の顔が、みるみる怒りに染まる。

「こぉの、やくたたずがぁぁぁあ!!」

「だから録画機能付きの監視水晶買ってくださいって言ったじゃないですか」

　周囲の空気を震わせるほどの殺気が邪神から放たれるが、式神は全くそれを意に介さず邪神に話しかける。

「なんですか？　私にずーっと魔王を見張っとけって言うのですか？　私だって暇じゃないんですよ。この神殿の管理してるの、私だけなんですから」

　式神にも思うところがあったようだ。

　邪神に怒鳴られたことで彼女もキレていた。

「この無駄に広い神殿の掃除に、壊れた部分の修繕、エネルギーの収支計算、次の魔王のデザイン検討、その他にもやることいっぱいなんです。私がずっと魔王を見ていたら、邪神様がそれらのお仕事やってくれるんですか？」

「えっ。いや、それは……」

ずいずい前に出てくる式神の圧に押され、邪神が後ずさる。

「邪神様はいいですよね。いっつも寝てるだけで、勝手にエネルギー入ってくるんですから。暇なら邪神様が魔王の様子をチェックすればいいじゃないですか」

「いや、ほら、あれだ。魔王とはいえプライベートを覗き見するのは良くないかな——と」

「アンタ、邪神でしょうが!! この世界で一番悪い奴でしょ!? なんで一番の悪が、いちいち配下のプライベートを気にするんですか!? ていうか、魔王城の王座だけ見てればいいじゃないですか! アホなんですか?」

「おい!!」

言いすぎたと式神は思った。

思わず口が滑ってしまったのだ。

「聞き捨てならんな。部下のプライベートを守らない上司は、部下に尊敬されない」

「そこに反応するんですか!?」

実は式神は、邪神とのこうしたやりとりを楽しんでいた。

邪神は式神を使役するために創ったが、その行動にはほとんど制限をかけていない。だから彼女は邪神に口答えできるし、罵倒もしてしまえる。ただそれらを式神がやるのは、やっても大丈夫だという邪神への信頼の裏返しでもあった。

式神は自身が邪神に大切にされていると理解していた。数千万年前、邪神が彼女を創ったときに利用した触媒を、今も彼が大切に保管していることを知っているからだ。

邪神はけっして良い奴ではない。魔王に神託を出して戦争を起こし、多くのヒトを殺す。それでも自分の配下に対しては、いい上司であった。そしてその配下たちには好かれていた。

魔王や悪魔は勇者に倒されると、その多くが『邪神様、すみません……』と言って消えていく。それを見る度、邪神は悲しそうな顔をするのだ。無慈悲な邪神がそんな顔をするのは、式神の思い過ごしかもしれない。しかし彼女にとって邪神は、命を預けるに値する上司だった。

それから少しして、魔王が倒されたことを受け止めた邪神が呟く。

「創造神が異世界人を勇者として連れてきて、俺が育てた魔王を倒すのがウザい」

《了》

あとがき

『レベル1の最強賢者』四巻を手に取っていただき、誠にありがとうございます。皆様にご愛読いただきまして、こうして四巻を出すことができました。

本作は小説家になろうで連載していたものになります。そのＷＥＢ版は本編が完結済みですが、現在はアフターストーリーを隔週で更新しています。本編は八十万文字ほどあり、だいたい十万文字に加筆と改稿をして書籍一冊にしています。ちなみに四巻はＷＥＢ版の文量が八万文字程度でしたので、およそ三万文字加筆しました。まだまだストックがあるので、このままいけば少なくとも四冊は書籍が出せます。五巻以降も出したい！　二桁巻とかラノベ作家として憧れます。ということで今後も、ご愛読よろしくお願いいたします。

最初から書籍化を狙って書いていたわけではありませんが、なんとなく書籍十巻分を目安に、百万文字になるようにしようとしていました。文字数は少なくなりましたが、ほぼ予定通りに物語を書けたかなと思います。私は物語の中で大きな山場をふたつ用意していました。そのうちのひとつ、ハルトと守護の勇者の関係が明らかになる件《くだり》がこの四巻に収録されています。ここまで書籍を出すことができて、ひとまず安心しています。これ以降の巻はもっと自由に、書き下ろしストーリー増し増しでやっちゃおうかなって考えています。二桁巻を目指します!!

ここから少し、レベル1の最強賢者シリーズに関わっていただいている方々についてご紹介と自慢をします。まずは本作のイラストレーターである水季様です。この四巻にも素晴らしい表紙、カラー口絵、挿絵を添えていただきました。二巻のあとがきでも書きましたが、私は水季様のイラストが大好きです。四巻までに描いて頂いたのは衣装などの差分含むキャラデザが五十枚以上、表紙や口絵などのイラストが三十六枚です。それら全てが私の宝物になっています。最高に幸せです！　続いて本作のコミカライズを担当していただいているかん奈様についてです。自分が考えた物語が漫画になるって凄いことです。しかも私が『このシーンはこの絵が欲しいなー』と考えていた場所は、特に指定とかしなくても全て描かれてきます。毎話非常に素晴らしい漫画にしていただいて、私は大満足です。それから本作の最後の挿絵に登場する式神ちゃんは、かん奈様のデザインです。漫画版の式神ちゃんもすごく可愛いので、漫画版を未読の方はぜひチェックしていただきたいと思います。

そのような素晴らしいイラストや漫画を描いてくださるおふたりが、今年の私の誕生日にお祝いイラストを贈ってくださいました！　幸せすぎる!!　この場をお借りして、改めてお礼申し上げます。ちなみに頂いたイラストは印刷して自室に飾っています。イラストレーターさんや漫画家さんと交流させていただけるのって嬉しすぎる。今後も何卒よろしくお願いします。

それから担当編集様にも心よりお礼申し上げます。これからもよろしくお願いいたします!!

最後になりましたが、読者の皆様、本作の出版に携わってくださった全ての方に感謝の意を込めて、いつものアレで〆ようと思います。

『呪！　書籍四巻発売!!』

木塚麻弥

コミックポルカ
COMICPOLCA
原作・木塚麻弥 漫画・かん奈
キャラクター原案 水季
レベル1の最強賢者
～呪いで最下級魔法しか使えないけど、神の勘違いで無限の魔力を手に入れ最強に～
LEVEL 1 NO SAIKYO KENJYA
魔力∞のチート賢者、漫画でも爆誕!!!
コミカライズ単行本1巻
好評発売中!!
©Kizuka Maya ©KANNA

ブレイブ文庫

チート薬師のスローライフ4
～異世界に作ろうドラッグストア～

著作者:ケンノジ イラスト: 松うに

異世界で【創薬】スキルを手にしたレイジ。オープンしたドラッグストア『キリオドラッグ』には、日々悩みを抱えた町の人々が次々と訪れる。カルチャーショックな異世界でのはじめてのバーベキューに、禁断の薬を望む魔王エジルのお悩み解決、傭兵団の演舞大会ではいいところを見せたい団員のために一肌脱いだりと、今日もレイジは便利な薬で人々の願いを叶えながらスローライフを満喫していく。

定価：700円（税抜）

©Kennoji

ブレイブ文庫

姉が剣聖で妹が賢者で

著作者:戦記暗転　イラスト:大熊猫介

力が全てを決める超実力主義国家ラルク。国王の息子でありながらも剣も魔術も人並みの才能しかないラゼルは、剣聖の姉や賢者の妹と比べられて才能がないからと国を追放されてしまう。彼は持ち前のポジティブさで、冒険者として自由に生きようと違う国を目指すのだが、そんな彼を溺愛する幼馴染のお姉ちゃんがついてくる。さらには剣聖である姉や賢者である妹も追ってきて、追放されたけどいちゃいちゃな冒険が始まる。

定価:760円(税抜)

©Senkianten

ブレイブ文庫

仲が悪すぎる幼馴染が、俺が5年以上ハマっているFPSゲームのフレンドだった件について。2

著作者:田中ドリル　イラスト:KFR

プロゲーマーを目指すシンタローは、正体不明のゲームのフレンド――2Nの正体が仲が悪すぎる幼馴染の奈月だと知ったことをきっかけに、腹黒配信者のベル子やガチホモのジルクニフといった個性豊かな仲間とチームを組み、eスポーツの全国大会優勝を狙う。ゲスト枠で参戦するのは海外の有名ゲーマーたちばかり！　優勝を手にするのはいったいどのチームなのか!?　そしてシンタローの恋人の座を射止めるのは誰なのか!?

定価：760円（税抜）

©Tanaka Doriru

ブレイブ文庫

嫌われ勇者を演じた俺は、なぜかラスボスに好かれて一緒に生活してます2

著作者:らいと イラスト: かみやまねき

かつて死闘を繰り広げたラスボスのデミウルゴスに惚れられた勇者アレス。一部の記憶を失っているせいで戸惑いながらも、彼はデミウルゴスからの好意を受け入れて結ばれた。そんな彼らのもとに、デミウルゴスが生み出した四体の最強の魔物がそろい、さらには世界樹の精霊である幼女ユグドラシルまで現れる。ますます賑やかになった森で、デミウルゴスとアレスは、世界樹を育てるためにラブラブな毎日を暮らしていく。

定価：760円（税抜）

©RAITO

ブレイブ文庫
モブ高生の俺でも冒険者になれば
リア充になれますか？
著作者:百均　イラスト: hai
スクールカーストを駆け上がれ!!!!!!
美少女モンスターたちと
迷宮踏破！
1999年、七の月、世界中にモンスターが湧きだす迷宮が出現した。そこで手に入る貴重な資源を求めて迷宮に潜る冒険者は、人々の憧れの職業になっていた。自他ともに認めるモブキャラの高校生・北川歌麿は、同じモブキャラだったはずの友人が冒険者になった途端クラスの人気者になったのを見て、自分も冒険者になってリア充になろうと一回百万円の狂気のガチャに人生を賭ける——！
定価：760円（税抜）
©Hyakkin

ブレイブ文庫

毎日死ね死ね言ってくる義妹が、俺が寝ている隙に催眠術で惚れさせようとしてくるんですけど……！

著作者:田中ドリル　イラスト: らんぐ

クソ兄貴…いえ、
お兄ちゃん！
私を大好き
になりなさい！

高校生にしてライトノベル作家である市ヶ谷碧人。義妹がヒロインの小説を書く彼は、現実の義妹である雫には毎日死ね死ね言われるほど嫌われていた。ところがある日、自分を嫌ってるはずの雫が碧人に催眠術で惚れさせようとしてくる。つい碧人はかかってるふりをしてしまうのだが、それからというもの、雫は事あることに催眠術でお願いするように。お姉さん系幼馴染の凛子とも奪い合いをし始めて、碧人のドタバタな毎日が始まる。

定価：760円（税抜）

©Tanaka Doriru

コミックポルカ
COMICPOLCA
pixivコミック
ニコニコ漫画
マンガBANG!
上記サイトにて
好評連載中!!
話題のコミカライズ作品続々掲載!
毎週更新
日曜
©長野文三郎 ©新堂アラタ ©しぶや大根 ©雨宮ユウ ©キシマカズオミ ©sumire
©森崎緩 ©げみ ©sumie ©SANKYO ©一二三書房

BRAVENOVEL
ブレイブ文庫

レベル1の最強賢者 4
～呪いで最下級魔法しか使えないけど、神の勘違いで無限の魔力を手に入れ最強に～

2020年11月25日　初版第一刷発行

著　者　　木塚麻弥

発行人　　長谷川　洋

発行・発売　株式会社一二三書房
〒101-0003 東京都千代田区一ツ橋2-4-3
光文恒産ビル
03-3265-1881

印刷所　　中央精版印刷株式会社

■作品の感想、ファンレターをお待ちしております。

■本書の不良・交換については、電話またはメールにてご連絡ください。
一二三書房　カスタマー担当　Tel.03-3265-1881
（営業時間：土日祝日・年末年始を除く、10：00～17：00）
メールアドレス：store@hifumi.co.jp

■古書店で本書を購入されている場合はお取替えできません。

■本書の無断複製（コピー）は、著作権上の例外を除き、禁じられています。

■価格はカバーに表示されています。

■本書は小説投稿サイト「小説家になろう」（http：//syosetu.com/）に掲載された作品を加筆修正し書籍化したものです。

Printed in japan, ©Kizuka Maya

ISBN 978-4-89199-674-1